落葉

高嶋哲夫

幻冬舎文庫

落葉

目次

大きく息を吸った。二万人の視線が自分に注がれている。

その他、今日この時間にここに来ることが出来なかった者たち、世界で七百万人、そしてその家族や関係者が、スマホやタブレット、パソコンでユーチューブの画面を見ている、はずだ。日本時間午後六時、ニューヨーク午前四時、ロサンゼルス午前一時、パリ午前十時、ロンドン午前九時、北京午後五時、モスクワ午後十二時、シドニー午後七時――。

「ユーチューブライブ配信の観客数はリアルタイム表示されます。ちなみに過去の最多記録は三百万人です」とイベント事務局のプロのイベント屋が言っていた。

正面の巨大スクリーンには会場全体が映っている。この映像が、世界各地の会場にセットされたスクリーンにも流れている。何より画期的なのは、パソコン、スマホなど個人が所有しているツールでも視聴できることだ。家庭、学校、職場、グラウンド、キャンプ場、海辺や山でも世界中の人たちが同時にこの時間と場所を共有できる。

空を見上げた。陽が沈んだ直後のまだオレンジ色の輝きが残る空に、ピンク色の巨大なクジラの親子が現れた。空中を回遊する。クジラの色がブルー、レッド、パープルへと変わっていく。巨大なクジラを横切って、ワシが水中から舞い上がる。二羽のワシが交差しながらクジラとともに踊り始める。

ステージには二十人の十代の男女が静止している。

「さあ、みんなで手足を動かそう」

「Come on, let's all move our limbs」

「来吧，让我们都动一动肢体」

「Allez, bougeons tous un membre」

日本語、続いて英語、そして中国語、フランス語……二十カ国語が流れる。

ヒップホップ・ミュージックが響き渡る。若者たちが一斉に立ち上がって踊り始めた。

震える指先に力を込めた。いつもなら、震えはさらに大きくなるはずだが、今日は大きな腕の動きで、さほど気にならない。

「アップステップ」男は何度も呟いた。

一歩足を踏み出した。意識の上では——だが足は止まったままだ。身体だけが前方に傾く。

マズい。

一瞬目を閉じたが、倒れていくはずの身体が止まった。両側から腕を支えられたのだ。

「このまま続けましょ。適当に動いてればいいからね」

女性ダンサーが耳元で囁《ささや》く。

両脇を支えられたまま、ゆっくりと身体を動かす。

「動ける人は動作を大きく、動けない人は心で動いて」

司会の声が響き渡る。巨大スクリーンには会場の熱気とその上を舞うクジラとワシの映像が流れ、世界に共有されている。

映像が変わった。世界各国の会場の様子が映し出される。

ステージでは二十人の若者にさらに二十人が加わり、様々な動きが繰り広げられている。

「さあ、声を上げよう。ワン・ステップ、ツー・ステップ、スリー・ステップ、アップステップ」

会場を歓声が埋め尽くした。二万人の参加者たちも踊っている。

「なんだ、コレはディスコじゃないか。じゃあ、俺が踊ってるのは――」

呟きながら手足を動かす。何度もリハーサルはやったが、やはり本番は緊張している。リズムとステップが自分の身体を離れて、会場に流れ込んでいく、同時に、会場の声と音楽が自分の中に語りかけてくる高揚感に捕らわれた。

ステージの端にスタッフの若者が十人余り集まっていた。

半数はステージとモニターを交互に見つめ、ヘッドホン付きのマイクを通して指示を与えている。

残りの者たちは、パソコンを睨んでいる。画面は十に分割され、世界の会場が映っている。右上にはいくつかの数字が出ている。世界の会場の様子と視聴者数だ。

女はステージの中央の男の身体が揺らいだ時、目を閉じて悲鳴を上げそうになった。何とか悲鳴は飲み込んだが、目はきつく閉じていた。

何ごとも起こらなかった。掛け声と音楽はスムーズに聞こえている。スタッフは画像を拡大した。男は両脇を二人の女性ダンサーに支えられて、何とか立っている。それでいい、そのまま立っているだけでいい。スタッフは祈るような気持ちで呟いた。

「ヤバかったな。ユミとサキが支えてくれた」

前方にいる男たちが話し合う声が聞こえる。

スタッフの一人がパソコンを覗き込んでくる。

「どう、動きはあるの」

「まだダメ」

目の前のパソコンの数字は緩慢に増えているだけだ。

「まだ百万」

「それだけ？　アメリカだけでも百万人の患者がいるんでしょ」

「賛同ボタンの目標は千百万よ。まだまだ足りない。世界には七百万人の患者とその関係者がいるのよ」

ユーチューブの視聴者数について話しているのだ。この映像はこの瞬間、世界中に流れている。

「最低、あと倍は必要だ。何とかしなきゃ」

考え込みながら言う。

「千三百万人。今現在、このユーチューブを見てる人が世界で千三百万人いるんだ。東京都の人口と同じだけの人が見ている。なんで賛同ボタンを押してくれない」

ボタンの一押しで一ドル、日本円で百三十円が基金に追加される。

「僕たちも行こう」

スタッフたちが飛び出していく。

「アップステップ・ワールドフェスタ」の最中だった。

第一章　出会い

1

理沙《りさ》は駅舎を出て、通りに視線を向けた。

人でびっしりと埋め尽くされている。三年前には考えられない光景だ。

コロナウイルスの流行で緊急事態宣言が出て一時は人出が途絶えた。政府が国民に自粛を訴えたのだ。それに伴い、ユーチューブを含むＳＮＳのアクセス数はうなぎ上りに増えていった。

葉山《はやま》理沙、十八歳は、原宿の竹下通りの入口に立っていた。半月前までは、Ｋ女子高の三年生だった。成績は常に、学年で十番以内に入っていた。推薦で大学進学が決まっている。何ごともなければ、四月からは大学生だ。

コロナ禍で長期休校の間、暇つぶしで始めたユーチューブチャンネル、「リーリズ・ルーム―私のナウ―」に今はけっこうのめり込んでいる。一時は一日二十時間近くもパソコンの前に座っていた。リーリというのはユーチューブでのハンドルネームだ。

考えるというより、本能のまま、感じるままに映像を撮って編集し、アップしているのだ。毎回、思いつくままおしゃべりする。日々の生活、友人、本、店、食事、テレビ……。閲覧数が急激に増えていくのも楽しみだが、時代の先読み、社会の先読みと、騒がれるのもイヤではなかった。私、目立つの、好きなんだ。コレは、新しい発見だった。

受験勉強は五歳と六歳の小学校受験の時にやったきりだ。あの頃は、母親が仕事を始めたころで、祖母と予備校と称する幼児教育の教室に通った。身につけたのは、学力というより、大人にうまく取り入る技術と言うべきものか。どこで笑い、悲しそうな顔をするか、いつどこで何を言うと、大人は喜ぶか、反応が大きいか。

それは完全に身に染み込み、十数年後の今では本能となっている。リーリのすべての基本能は幼児期に育成された。

「来るんじゃなかった」駅を出た瞬間、剛志《たけし》の脳裏をよぎった。目の前の光景は自分のイメージとは違いすぎる。やはり秋葉原にするんだった。あそこには少なくとも自分と共通するものがある。

倉持《くらもち》剛志、二十二歳。午前中、本郷で大学の合格発表を見て、三浪が決まった帰りだった。

何も考えることもなく、人波に押し流され、電車を降りて改札を出たのだ。

家に帰ると、家族はすでに結果を知っているはずだ。合格発表はネットで見ることが出来るが、両親に押し出されるように大学に行ってきたのだ。二年前と去年はネットで見て、名前がなかった。「ネットは縁起が悪い。今年は大学まで行ってみたら」母の言葉だ。

浪人生活はイヤでもなかった。午前中、予備校に通い、午後は誰もいない家でゲームができる。誰とも話す必要はなかった。

ゲーマーになろうかと本気で考えたこともあったが、世界は広い。自分の反射神経では無理だと半年で悟った。一日中、ゲームに関わっている生活も実感がなかった。

いつからこうなったのだろう。中学に入ってからか。いや、小学校三年の時には、すでにイジメの対象になりつつあった。それでも学校には行った。

中学二年の時から、ほとんど学校に行っていない。それでも中学は卒業できた。そのころには、落ちこぼれ、ひきこもりと呼ばれていた。

でも、それは違うと思う。学校の勉強からは、落ちこぼれてはいない。教科書さえ読めば、ほとんどのことは理解できる。用があれば外にも出ることが出来る。ただ、外での用がなかなか見つからない。だから、外には出たくないのだ。

高校は通信制を選び、高卒の肩書きは持っている。

足早に歩いた。絶対に場違いな通りだった。

午前十一時の原宿竹下通り。

すれ違う人全員が自分を見ている。あのオヤジ、自分がどこにいるか知ってるのか。囁き合っているように感じる。声は聞こえないが、思っている。

私は長谷川優司《はせがわゆうじ》、四十六歳。人混みをすり抜けながら、精いっぱい足早に歩いた。

工事現場の道路警備の夜勤明け、二十四時間営業のファミリーレストランでスパゲッティを食べ終わって、眠ってしまったらしい。目が覚めると、周りは家族連れで溢れていた。

慌てて店を出て歩いていると、原宿の通りに迷い込んだのだ。

二十年以上、東京に住んでいて、来たのは初めてだった。

作業着に長靴。どちらも土がついている。やはり泥のついたデイパックを背負っていた。

自分の意識では、スーツにネクタイのつもりだったのだ。とたんに周りの目が気になり始めた。すべてを捨てたつもりが、捨て切れてはいないのだ。わずかな見栄と、自尊心とでもいうべきものか。いいことなのか悪いことなのか分からない。

人生には予測不可能なことがある。

自分の病気が、まさにそれだった。八年前、医師の口から直接聞くまでは想像すらできなかった。そして今日、この場所に立っていることも、朝起きたときには考えてもみなかった。

内藤真輔《ないとうしんすけ》、六十歳。昨日は眠れなかった。正確に言うと二、三時間しか寝ていない。その代わり、昼間は頭がボーっとして半分寝ている。薬のせいかもしれない。現在飲んでいる薬は、十二種類。Lドパ、ドパミン放出促進薬、ドパミン代謝改善薬、ノルアドレナリン補充薬、抗コリン薬、アデノシン抑制薬……。

この状態が一週間続いている。出来る限り身体は動かしている。誰も自分の身体については知らない。何度か死にたいとも思ったことがある。今は居直って、成り行きに任せている。

コロナ禍では、ひと月家から出ないということも何回か続いた。ヘルパーは、車椅子で出かけようと何度か誘ってくれた。しかし自粛、自粛と騒がれている中、自分が車椅子で散歩している姿は想像したくなかった。やはり人目が気になる。介護者にも非難の目は向けられるだろう。

町中から人が消えた時期、近くの公園までひとりで出かけたことがある。

病気に気づく前は、徒歩十分で行けた距離だ。

公園からの帰り、十歩ほど歩いて足が前に出なくなった。しばらく花壇の花を見る振りをして、これからどうするかを考えていた。三十分ほど立ち尽くしていたが、何とか一時間かけて帰った。マンションが見え始めたとき、喜びが湧き上がるのを感じた。あと十分で横になれる。しかし、実際にはさらに三十分かかった。

原宿に行ってみよう。なんで思いついたか、自分でも分からない。ただ今朝、テレビで人であふれる原宿の様子が紹介されていた。そして、何かが呼んでいるような気がしたのだ。

ゆっくりと辺りを見回した。数十、いやそれ以上の視線を感じる。すれ違う人の視線が必ず自分に向けられる。次の瞬間には、自分の存在など消えている。もう、慣れっこになっている。意識を自分に集中しようとした。

踏み出そうとしたが足が前に出ない。いつもの症状だが、ここは原宿、場所が違う。なぜ、こんなところに来る気になったのだろう。改めて疑問が浮かんだ。

道の中央で突っ立ったまま動けない。いくら意識を集中させても、一歩が踏み出せない。

「おっさん、道の真ん中でボーっとしてるんじゃねえよ」

背中に衝撃を感じた。上体が傾く。足を踏み出さなければならないことは分かっているが、意識と足の筋肉がつながらないのだ。両脚は地面に固定されたまま、身体だけが倒れていく。アスファルトと顔面が正面衝突する。身体が覚えていたのか、地面に着く前に何とか上半身をひねった。柔道の受け身の体勢だ。

身体が地面に転がった。そう、まさに転がった。

2

私は足を止めた。

「おじさん、どうかしたの」

頭の上半分が栗色、残りが金髪の若い女性が、路上に倒れている初老の男の前にしゃがみ込んで、呼びかけている。女の化粧はかなり濃い。

私は二人を見ていた。立ち止まって見ている者もいるが、転がっている男が起き上がろうともがいているのを見ると、大丈夫と判断するのかそのまま行ってしまう。

女が顔を上げたとき目が合った。「なに突っ立ってるの。さっさと手伝いなさいよ」女の目は確かにそう言っていた。

慌てて男の腕をつかんで引き起こそうとしたが、意外と重い。腕も思っていたより、ずっと筋肉質だ。戸惑っていると急に軽くなった。

若い男が反対側の腕をつかんで引き起こそうとしている。

「ワン、ツー、スリーでね」

女の声で、三人で何とか男を立たせた。

「どっちに行けばいいんですか」

若い男が女に聞くと、女が男を覗き込んで聞いた。

「ねえ、おじさん。どこに行くつもりなの」

「家に帰るんだ」

「家ってどこなの」

「家だ」

男の頬から血が出ている。転んだとき、道路でこすったのか。息づかいも荒く、握りしめた手と腕が激しく震えている。異常なほどの震えだ。

「休ませてあげた方がいいんじゃない」

若い男の言葉で、私たちは男を支えて、目の前のコーヒーショップに入った。

奥のテーブルに男を座らせた。

「右のズボンのポケットに金が入ってる。取ってくれないか」

手がこわばり、自分では取れないらしい。女が私を見た。あんた、やってよと言っている。

ためらったが、ポケットに手を入れた。

千円札が数枚と一万円札が二枚入っていた。

「ホットミルクを買ってきてくれ。あんたらも好きなものを飲んでくれ」

「ボクが買ってきます。一緒に来てくれよ」

若い男が女に言って、二千円を抜き取り、二人は注文カウンターに行った。

私は残りの金を男のポケットに戻し、大丈夫ですかと声をかけた。男は無言で目を閉じた。

二人は五分ほどで戻ってきた。トレーの上にはホットミルクとオレンジジュース、コーラ、コーヒーのカップが載っている。

女は私の前にコーヒーとレシートとおつりを置いた。

男は両手でミルクのカップを持ってすするように飲んでいる。

半分ほど飲んで、一息ついたのか話し始めた。

「散歩に来たら、突然、動けなくなった。脳の神経系統がイカレてて、意思と行動がつながらないんだ」

「やばそー。おじさん、早めに病院に行った方がいいよ。事故る前に」

女がコーラのストローをくわえたまま言う。

「でもここ、人が多いよね。ボクも息苦しくなって、動けなくなりそうだった」

「こんなんで驚いてちゃ、生きていけないよ」

女が二人の男に向かって言った。

私たちはしばらく原宿の様子を話した。

男が時計を見て、カバンからノートを出して、住所と地図を描いた。最寄り駅は原宿からふた駅だ。その横に一万円札を置いた。

「あんたたち、忙しいのか」

「私らに連れて行けって言うの」

若い女は私と若い男を交互に見ている。

「私は仕事の帰りだ。帰って寝なきゃならない。今夜また、仕事だから」

「ボクも家族が帰りを待ってる」

「分かった。大丈夫。俺は一人で帰れる。足元がふらついただけだ」

男はテーブルの上のものをカバンにしまった。

立とうとしたが、足に力が入らないらしい。イスのひじ掛けに手を置いて、腕の力で立ち上がった。

「駅までなら一緒に行ってあげる」

女の言葉で、私たちは男と駅まで行った。

男がポケットからスイカを出そうとしているが、焦るとなかなか出せない。私は手助けして、スイカを出した。

結局私たちは男の下車駅まで同行した。一人ではホームの階段は上れないと判断したのだ。

電車は混んでいた。男は座席のポールをつかんではいるが、器用に身体でバランスを取っているように見える。止まっている分には問題ない。動くのが苦手らしい。

私たちは一緒に駅を出た。

「おじさん、住所を言って」

女がスマホに住所を入れると地図が出る。徒歩八分だ。

「タクシーで行こう。俺が払うから」

「じゃ一人で行ったら」

「手伝ってほしいんだ。タクシーを降りてからのこと」

「どういうこと」

男は答えない。

「家族はいないの」

「私が送っていこう。私一人で大丈夫だろう」

女を遮るように、私が言う。

「ボクも行きます」

男を先にタクシーに乗せて、私と若い男が乗り込んだ。

男が行き先を告げたとき、助手席のドアが開いて女が乗り込んでくる。

「私も行ってあげる。乗りかかった舟だし」

運転手にスマホの地図を見せた。

タクシーは一分も走らないで止まった。

「ここでいいの。歩いた方が早いじゃん」

女が料金メータを見て言う。

男は千円札を運転手に渡し、おつりを受け取ることなく車を降りた。

「急いでくれ。俺の部屋は、二階だ。あんたらにはどうってことはないだろうが、俺には富士山並みに高いんだ」

私と若い男の肩に両腕を回した。

坂道を五分ほど上がったところに古いマンションがある。エレベーターに乗って男の部屋の前に来た。

「右の尻ポケットにカギが入ってる。開けてくれ」

私を見つめ、懇願するように言う。

カギが開いて、ドアが開くと靴のままで上がり、トイレに入って行く。

遅れて来た女がトイレの前に立っている私たちに手を突き出した。千円札が握られている。

「運転手が、お金は取れんって言うのよ。おじさんのことかなり気にしてた」

女は嬉しそうに二人の前で紙幣をヒラヒラさせた。

「はいコレ」


十分程すぎて水を流す音がして、男がハンカチで手を拭きながら出てきた。

「漏れそうだったんだ。あんたらがいなかったら、完全にアウトだな。突き当たりが台所だ。その辺のイスに座っててくれ」

男は玄関に置いてあるイスに座って、靴を脱いでいる。時間がかかりそうだ。

私たちは奥に入り、テーブルのイスに座った。

部屋はきれいに片付いている。壁中に手すりが付いていた。

リビングのテレビの上の壁に紙が貼られている。冷蔵庫の扉にも同じものが貼ってあった。

「〈死ぬまで自分でトイレに行く〉。なんなの、コレ」

女が声に出して読み上げた。

「書いてある通りじゃないの」

「人の家だ、ジロジロ見るべきじゃないね」

私は言った。

靴を脱いだ男が入ってきた。ホッとした顔をしている。

「お茶でも飲んでいくか。冷蔵庫に入ってる。悪いが勝手に出して飲んでくれ。ついでに俺のコップもとってくれると有り難い」

「普段はどうしてるの」

「ヘルパーがやってくれる。俺はテレビの前に座っているだけ」

「おじさん、これ何なの」

女がテレビの上と冷蔵庫の張り紙を指した。

「何でもない」

「先生、いる」

元気な声が聞こえ、ドアが開いた。まだ二十代と思えるジーンズにTシャツ姿の女性が入ってくる。

私たちを見て、動きを止めた。

「ごめんなさい、お客さんだったんだ」

「いいから座りなよ。俺の介護士の陽子《ようこ》だ。コーヒーでも飲んでいきなよ」

女性は多田《ただ》陽子と名乗った。

介護士はケアワーカーとも呼ばれ、正式には介護福祉士という。日常生活に支障のある高齢者や障害者の家を訪ね、家事サービスや介護を行う。同じことは「ヘルパーさん」も行うが、介護福祉士になるには国家資格が必要であり、ヘルパーよりも専門的な指導を行ったり、現場の責任者となったりする。

「あんたらの名前を聞いてなかった。俺は内藤真輔だ」

「私は長谷川優司です」

若い女性は葉山理沙、青年は倉持剛志、と名乗った。

「原宿からうちまで付き合ってもらった。最近の若い者は暇だから」

内藤の言葉に私たちは顔を見合わせた。

3

坂道を降りたとき、陽子が走ってきた。

「有り難うございました」

陽子が私たちに向かって深々と頭を下げた。

「ごめんなさい。内藤先生、いろいろと失礼なことを言ったでしょ」

「病人のひがみだと思ってる。気にしなくてもいいよ」

　理沙が言う。

「やめなよ、そういう言い方は」

「じゃ、どう言えばいいの。わざわざ家まで連れて帰ってあげたのに。暇だからはないでしょ」

　剛志の言葉に理沙が反論して、納得を求めるように私を見ている。

「まあ私たちも善意を押し付けるわけじゃないけど」

「あのまま、放っておいた方がよかったんじゃない。道端に転がったまま。私ら、余計なお世話をしたらしいし」

「内藤さんだって、心の奥じゃ、感謝してると思うよ」

「感謝されるために、助けたって言うの。あのまま放っておくと、私らの気分も悪かったし。第一、通行の邪魔でしょ」

　理沙がムキになって言う。

「ちょっといいですか」

　突然、陽子が声を出した。「時間はありますか。聞いてもらいたい話があります」

　私たちは駅近くのコーヒーショップに入った。

「先生、きっと後悔してます。時々、感情が抑えられなくなるんです。感情と言葉がチグハグになる。自分の身体と同じだって言ってたことがあります。皆さんにはすごく感謝してるはずです。見てて分かりました」

「ゆっくりだと歩けるんでしょ。家まで送ってくれなんて頼まなきゃいいのに」

「ゴメンなさい。この前タクシーで帰った時は、降りてから玄関先に着くまでに二十分、家のカギを開けるのに十分かかったと言ってました。多分、漏らすと判断したんでしょ。大の方をね」

「どういうことよ」

「パーキンソン病ってご存じですか」

私たちは顔を見合わせた。

「モハメド・アリがかかってた脳の病気でしょう。〈バック・トゥ・ザ・フューチャー〉のマイケル・J・フォックスも」

私が答える。岡本太郎さんもだと剛志が続けた。

「脳の病気と言うより、脳の神経系統の病気です。考えたことが手足に思うように伝わらない。死ぬようなことはありませんが、治ることもない病気です」

私たちは再度、顔を見合わせた。

「じゃ、どうなるの」

「少しずつ病気が進行します。震えは大きくなって、歩行も困難になります」

「でも、おじさん歩けてた。ゆっくりだけど」

「手が震えるんだろ。確かに震えてはいたけど。ミルクカップ、両手で持って飲んでた」

「ずいぶん、収まっています。手術前までは、手の震えは今の十倍は大きかったんです。頭に穴をあけて、脳の一部を焼くんです」

　私たちはまた顔を見合わせた。理沙が顔をしかめている。

「二か月前、二回目の手術を受けたんです。それで震えはかなり収まっています。でも、いつまでもつかどうか」

「いつまでって、その震えはまた出てくるって言うの」

「一回目の手術は半年ほどで元に戻りました。今度もいつまた元に戻るかもしれない」

「どんな風になるの」

「本人は静止しているつもりでも手が震えだします。身体が大きく傾くこともあります。ペンギン歩きって知ってますか」

　理沙が大きく首を横に振った。

「いわゆるヨチヨチ歩きです。足が上がらず、すり足のように小刻みに足を動かして歩きます」

「そんなことなかったよ」

理沙が私と剛志に同意を求めるように言う。

「自分が頭で考えているのと違う行動が手足に出るんだって言ってました。歩こう、前に進もうと考えてても、足は前に出ない。意識しなくても、手が震えだす」

陽子は私たちを説得するように言う。

「ああ見えてもすごく悩んでいるはずです。体力には一般人以上に自信がありました」

「でも、そんなにひどくはなかったよね。変な人だとは思ったけど」

理沙が言う。

「内藤先生は特別だって、病院の先生も言ってました。歩き方も普通に近い。だから一人で外出する気にもなる。いつもは私が病院にも付き添っています」

「自立してるんだろ。一人暮らしの家だった」

「意志の強い人ですから」

陽子が時計を見て、立ち上がった。

「今日は有り難うございました。先生、すごく明るい顔をしてました。あんな顔、久し振りです。みなさんの親切に感謝してるんだと思います」

「あれでね」

「よせよ、相手は病人だぞ」

剛志が理沙に言う。

「あなたも早く帰った方がいいんじゃないですか。病人を一人で――」

「大丈夫です。家の中では時間がかかっても自立して生活しています」

「でも、何かあったら」

陽子はスマホを出した。

「先生から緊急連絡が入ります。でも心配しないでください。たいていは先生の愚痴です。私は先生のところから、徒歩五分のところに住んでいますから」

それに、と言って考え込んだ。

「病人扱いされるのは嫌いなんですよ。プライドが許さないんでしょうね」

陽子は店を出て行った。

「驚いたね。いろんな人がいるんだ」

「〈死ぬまで自分でトイレに行く〉。人生の目標だとはね」

「ささやかな望みと言うわけか」

剛志と理沙が神妙な顔と声で言う。

三分ばかり無言で向き合っていたが、私たちは店を出た。

私は内藤さんと陽子から、ある種の衝撃を受けていた。二人も同じだろう。

「せっかくだから、連絡先を交換しとこう。あんたら、危険はなさそうだから」

理沙の言葉でみんなでスマホを出した。

アパートに帰ると、午後五時をすぎていた。少しは眠っておかなければならない。

私の仕事は工事現場の道路警備だ。午後八時から午前六時までの夜勤シフトなので、交通量は昼間ほど多くはない。しかし、気の抜けない仕事だ。一瞬のミスが大きな事故につながる。

遮光カーテンをしめて、布団に横になった。

闇を見つめていた。すでに一時間近くすぎているはずだ。こうなると眠れない。

目を開けると闇の中に、若い女と男の顔が浮かんでくる。その真ん中に男がいる。てっきり七十代かと思ったが、六十歳と聞いて驚いた。さらに驚いたのは彼がパーキンソン病だということだ。

時々聞く病名だが、モハメド・アリを思い出す。最後に見たのはいつだろう。アトランタオリンピックの開会式に、聖火を持って現れた時だ。車椅子に乗って、ひじ掛けに置かれた手は震えていた。蝶のように舞い、蜂のように刺すアリの姿はなかった。

布団から出て、台所に行った。

冷蔵庫から水を出して飲んだ。頭の中には内藤さんの姿と、陽子の話が交錯して現れてくる。

パソコンを立ち上げ、パーキンソン病と打ち込む。

パーキンソン病は、脳の神経伝達物質の異常で身体に障害が現れる病気だ。高齢者に多くみられるが、若くても発症することがある。

〈代表的な症状は、手足の震え、筋固縮による身体動作への抵抗、姿勢反射障害といって体の重心がぐらつき、姿勢を保てずに倒れる、また精神症状や自律神経の障害といったものがある。これらの症状は脳内の神経伝達物質であるドパミンが減少することで起きており、何年もかけてゆっくりと進行していく〉とある。

一時間ほど調べて、仕事に出た。

第二章　一人＋三人

1

翌日、午前六時に仕事が終わって、ファミリーレストランで休憩した。迷った末、原宿に向かった。昨日の出来事のインパクトが強かったのだ。

昨日と同じ時間に、同じコースをたどった。

何げなく昨日の店まで歩くと、昨日の二人が立っている。理沙と剛志だ。

「きみたち、何してるんだ」

「長谷川さんこそ何してるの」

「仕事が終わって、帰る途中だ」

「私らもよ。春休みだし、何となく来てみたの」

自然に、昨日のコーヒーショップに入った。昨日と同じものを飲みながら外を見ていた。

私たちは何も言わなかったが、心の中では、なぜ三人が同じ時間に、同じ場所にいるかを考えていたと思う。

「おい、見ろよ」

剛志の言葉で外を見ると、内藤さんが通りに立って、私たちの方を見ている。

「入ってくればいいのに」

「動けないんだよ」

剛志が立ち上がり、店を出ていく。

「行かなくていいのか」

私は理沙に聞いた。

「ここで見てたい」

剛志は話しかけていたが、片腕を支えて店の方に歩いてくる。内藤さんがよろめいて倒れそうになった。気が付くと、私は店を飛び出していた。

私は内藤さんのもう片方の腕を支えた。内藤さんのホッとした気配が伝わってくる。

「足が前に出ないんだ。いよいよ俺もダメだな」

「今日は寒いから。さあ、力を抜いてリラックスして」

店に入ると、ホットミルクがテーブルに置いてある。

「飲んでよ。温まるよ。ミルク、好きなんでしょ」

「何で知ってる」

「昨日も飲んでたし、冷蔵庫の中、ミルクとオレンジジュースの買い置きがあった。健康にいい――」

理沙は言いかけた言葉を飲み込んで視線を窓に向けた。

「そう。健康にいいんだ」

内藤さんはカップを両手で包むように持った。しかし、右手が震えている。その震えを抑え込むようにカップを包み込んでいる。

「あんたら三人は今日も集まってるのか。赤の他人なんだろ」

「ホント、どうしたんだろ。何となく出会ってしまった。そうしたら、おじさんがやってきて」

理沙が突然立ち上がり、店を出ていく。

すぐに戻ってくると、背後に陽子がついてくる。

「何してるんだ。こんなところで」

「心配だから、おじさんの後をつけてきたんだって。動けなくなったり、まさかの時には助けようと思ってたらしいよ」

陽子の代わりに理沙が答えた。

剛志がイスを引き寄せて、陽子に座るよう促す。

「大丈夫だって言っただろう。ちゃんとここまで来られた」

「そうでもなかったんじゃないの。店の前で動けなくなって凍えてた」

理沙が遠慮なく言う。

「剛志さんたちが出てくるのがもう少し遅ければ、私が助けに行くところでした」

「内藤さん。もっと素直にお礼を言うべきだ。陽子さん、内藤さんが心配で来たんだから」

剛志が内藤さんに言う。「それよりなんで、ボクたちまた集まってるんだ。内藤さんまで」

「おじさんはなんでまた来たの。昨日、ひどい目にあったのに」

理沙の言葉で全員の目が内藤さんに集中した。

「再挑戦だ」

低い声でボソリと言った。

「もっと大きな声でハッキリ言ってよ」

「昨日、途中で挫折したから再挑戦だ。このコースを一回りして、家に帰る」

「それで、失敗したわけね。同じ時間、同じ場所で今日も立往生」

「ここまで一人で来られた。店の前で一休みして、駅まで歩く。そのつもりだった」

「目的は半分達成ってわけか」

「一休みして帰ればいいんだ。あんたらの助けなんていらない」

「かわいげのない人ね。せっかく来てあげたのに」

結局、一休みしてから昨日と同じコースを通って内藤さんを家まで送っていった。

陽子一人ではムリだと思ったのと、何となく行きがかり上だ。

2

アパートに帰り寝ようとしたとき、スマホが鳴り始めた。

〈陽子です。今日は色々と有り難うございました〉

「お礼なんていいんだけど。どうかしたの」

若い女性から電話などもらったことがない。

〈先生、素直じゃないから言わなかったけど、みなさんに会えるかと思って、あそこに行ったんだと思います。よほど嬉しかったんです。みなさんに親切にしてもらって〉

「大したことはしていない」

〈先生にとっては、嬉しかったんです。私には分かります。昨日もあれから、みなさんのことを話してました〉

陽子は嬉しそうに話した。自然な言い方で本当に喜んでいるのが感じられる。

「実は、私もみんなに会えるかと思って、あそこに行ったんだ」

話しながら考えていた。多分、理沙も剛志も同じだ。

〈いつか時間を作って、先生の部屋に来てくれませんか〉

「困ったな」

思わず出た言葉だった。「私たちも偶然出会った者なんだ。連絡先は聞いてるが、私から連絡するのもね」

〈そうですよね。みなさん、仕事や学校がありますよね。ゴメンなさい。私が勝手なことを言って〉

陽子が切ろうとしたので言った。

「私は嫌じゃないんだ。剛志くんや理沙さんの都合もあるし、内藤さんの気持ちもあるだろう」

〈先生は、みなさんに会いたいんだと思います。だから、今日も昨日と同じ時間にあそこに行ったんです。会えるかどうかも分からないのに〉

「それで、偶然が重なったわけだ」

〈先生にはかなり勇気がいることです。ムリをしてでも行って、みなさんに会いたかったたん

です〉

「本人が言ってたわけじゃないだろう」

〈頑固なんです。昔からそうだったし、病気になってから、ますます頑固になりました〉

「なぜ、そんなにあの人のこと心配してるの。介護士としての知り合いでしょう」

〈先生とはもう十年以上の知り合いです。先生、空手八段で、昔は空手道場を持ってて、空手を教えてました。病気が分かって、将来のことを考え、道場を閉じています。道場を閉じてしばらくは病気と闘いながら鍼灸師をやってたのです。私は小学生のころから、空手を習ってました〉

「じゃあ、あんたも強いんだ」

〈三段です〉

空手三段、私にはどう評価していいか分からなかったが、陽子の小柄で細い身体からすると意外だった。

〈鍼灸師としてもずいぶん評判がよかったんです。私の母も腰が悪くて、週一の割合で通っていました〉

「病気になってから八年って聞いたけど」

〈そのくらいですね。私が中学三年生の冬、高校入学の年だから。初めはそんな病気だなん

て少しも分かりませんでした。先生も精一杯隠してたんでしょうね〉

「私たちも病気だとは思ったが、パーキンソン病とはね。名前だけは知ってたけど」

〈手と腕の震えはかなりひどい時がありました。食事も自分ではとれない。三年ほど前でした。それで、手術を決心したんです〉

「ちょっと会っただけじゃ、病気だとは分からないのにね」

〈病院の先生も驚いてるんです。ドパミンの値が健常者の二十パーセント以下なんです。現状を保っているのは奇跡的だって〉

「治ることはないんだろう。何かあるのかね。性格や気の持ちようだとか」

〈どちらかと言えば、真面目で融通が利かない人です。ストレスも溜まる方だと思います。病気のことが分かってからは、かなりのストレスだったと思います〉

三十分ばかり話して、電話を切った。

3

今日は仕事が終わってから、息子の篤夫《あつお》と会うことになっている。母親である私の元妻から電話があって、最近元気がないので慰めてやってほしいと言われている。

篤夫は去年大学生になった。第一志望の大学には落ちて、本人は浪人を希望したが、母親は合格した第二志望の大学に私が送った入学金を振り込んでいた。しかたなく大学に通ってはいるが、やる気はなさそうだった。

篤夫とは原宿で会った。内藤さんたちとの出会いが、私の頭の隅にあったのだろう。

篤夫は珍しそうに、通りを行き交う人と華やかな店を見ている。

マクドナルドに入り、窓際のスツールに並んで座った。

「お母さんは元気か」

「うん」

「何か欲しいものはないか」

「べつに」

「何か食べるか」

「いいよ」

何を話していいか分からなかった。会うたびに息子との距離が遠くなっていくような気がしている。

「大学なんてどこでも同じだ。与えられた環境で精一杯がんばれ、と言いたいが、そんなに簡単な問題じゃないな」

「お父さんは今、何やってるの」

「アルバイトだ。今は、道路工事の交通整理だ」

「前のシゴトよりいいんじゃない。顔色も良さそうだし、お母さんはそうは思わないかもしれないけど」

「お父さんもそう思う」

会話は途切れた。無言のまま、通りを行き交っている人たちを眺めていた。

内藤さんに会わせよう。ふっと心に浮かんだ。何となく、自分たちは内藤さんに似ていると思ったのだ。何の迷いもなく走っていたレールが、ある日突然消えてしまった。

「友達の家に行くか。空手八段だ」

「お父さんの友達？　近くに住んでいるの」

篤夫は空手八段に興味を持ったようだ。

私は篤夫に付いてくるように合図を送り、立ち上がった。

インターホンを押してカメラの方を向いた。五分経ってもドアは開かない。

「留守なんだ、帰ろう」と言って、エレベーターに戻ろうとする篤夫の腕をつかんだ。

「人にはそれぞれ、事情があるんだ」

そのときドアが開いて、内藤さんの顔が覗いた。

「悪かったな、待たせて。時間がかかるんだ、歩くのに」

篤夫と私の会話が聞こえたのか。

内藤さんは私たちに入るように言って、廊下の隅に寄った。私は篤夫を促して、奥の部屋に入ってイスに座った。篤夫は珍しそうに部屋の中を見ている。

内藤さんはゆっくり歩いて部屋に戻ると、自分の席に座った。

「あんたの息子か。似てるな」

篤夫のことは内藤さんに何度か話したことがある。二人で雑談をしているときに何気なく出てくるのだ。内藤さんは何も言わず聞いていた。

「そんなこと言われたの初めてです。息子は母親似だと言われています」

「顔じゃない。雰囲気だ。歩き方や人を見る目つき。呼吸の仕方もだ。二十年近く一緒に暮らしたんだろ」

そういう見方をされたのは初めてだった。思えば、猫背気味なのも似ている。

「その何十分の一です。私は会社人間でしたから。一緒に夕飯を食べることはほとんどなかった。土曜日、日曜日は休みですが、それも半分以上は出社したり、ゴルフでした。接待したり、されたりの。自前で行ったことはほとんどありません」

「それでも雰囲気なんてのは似てくるんだよ。家族というのは、そういうものだ。同じ屋根の下で息をしている」

内藤さんは視線を私から篤夫に向けた。

「この震えは病気なんだ。パーキンソン病って知ってるか」

篤夫が内藤さんの小刻みに震えている手を見ていたからだ。

「ごめんなさい。知らなくて――」

「志望大学に落ちたんだってな。父さんから聞いてる。俺は高校の第一志望を落ちて、第二志望だった。だがそこで空手に出会った。第一志望だと絶対にやらなかった。それが天職になってしまった。第二志望もいいもんだと思ったものだ」

「空手、いまでもやってるんですか。父から聞きました。八段だそうですね」

内藤さんが立ち上がり、冷蔵庫に行って、コーラとジュース、ビールを一缶ずつ持ってきた。缶ビールを自分の前に置き、私たちに飲むように言った。

「やってる。ただし、ここと、ここでな」

内藤さんは頭と左胸を指した。

「頭と心臓でですか」

「実際は身体全体が覚えてるんだろうな。頭の中で動き、心で攻撃をかわす。生身だと、今は小学生の一突きで簡単に転がる」

内藤さんはパーキンソン病になる前後について話した。私にとっても新しい話がいくつかあった。

篤夫は嫌がる風でもなく、一時間以上内藤さんの話を聞いていた。

二時間近く内藤さんの部屋にいて、私と篤夫は帰途についた。

「お父さんはなんで内藤さんを知ってるの」

駅まで歩いているとき、篤夫が聞いてきた。彼の方から話しかけてくることはめったにない。

「行きがかり上だ」

言葉を探したが、他の言葉は見つからない。心の奥底ではそれだけではないことが分かっている。これは、剛志や理沙も同じに違いない。

詳しく話してよ、と篤夫が聞いてくる。

偶然、路上で立ち往生している内藤さんを見つけ、見ず知らずの二人と彼を家まで送ったことを話した。

「人生ってそんなことがあるだろ。偶然が尾を引くってこと」

「イヤでもないんだろ。ああいう人を助けるの。お母さんが言ってた。家族の世話より、他人の世話が好きな人だって」

一瞬答えに詰まった。もっと辛辣《しんらつ》で毒のある言葉だったが、同じような意味合いのことを直接、妻の口から聞いたことがあったからだ。何と答えたか、思い出そうとしたが思い出せない。

「ああいう人、はないだろ。普通の人だ。普通の考え方をしてて、普通に生きてきて、たまたまああいう病気になってしまった。よくあることだ」

「よくもないだろ。パーキンソン病の人は日本で十六万人なんだろ。人口が一億三千万だとすると、確率〇・一二パーセント。宝くじの一等よりは高そうだけど」

「おまえ、計算速いな」

「僕はそんなくじには当たりたくないね。最悪の当たりくじだ」

「だから、助けなきゃならないんだ」

言ってからおかしな話だと思った。内藤さんからは助けてくれと頼まれたことはない。むしろ、私たちが勝手に出入りしていると言った方が正しい。

「また時間のある時、内藤さんの所に行くか」

「僕は遠慮するよ。今は自分のことで精いっぱいだ」

私たちは駅まで一緒に行って別れた。

篤夫が乗った電車が見えなくなるまでその場にいた。

4

仕事が終わり、帰り支度をしているときスマホが鳴った。

〈長谷川さんですか。内藤真輔さんをご存じですか〉

女性の声に聞き覚えはなかった。

「彼がどうかしたんですか」

〈ケガをして、うちの病院に搬送されてきました。私はそこの看護師です〉

「ケガって、ひどいんですか」

思いがけず大きな声が出た。

〈溝に落ちて、頭を打ってます。レントゲンでは異常はありませんが〉

ホッとした。思わずパーキンソン病、手術、開頭という言葉が頭をよぎったのだ。

〈一人では歩けそうにないのに、帰ると言って暴れるので鎮静剤を打ちました。今は眠っています〉

「どうして私に連絡を」

〈ポケットにあなたのスマホの番号を書いたメモが入ってました。それと保険証。パーキンソン病のようですね。内藤さんが気が付いたときのために、病院に来ていただけませんか〉

「病院にと言われても、私は親戚でも親しい友人でもありません」

〈あなたの連絡先しか分からないのです〉

看護師が困り切った声を出している。

私は迷った。仕事は夜からだから、間に合うだろう。

〈溝に身体半分落ちて気を失っていました。ふらついたんですかね。通りかかった人が救急車を呼んで、運ばれてきました。内藤さんの持ち物で連絡が取れるのは、あなたしかいないんです。お願いします〉

看護師が繰り返す。思わず、分かりましたと答えていた。

「私はどうすればいいんですか」

〈意識が戻ったら、本人と相談してください〉

看護師はホッとしたように言った。

病院の場所と電話番号を聞いて、これから行くことを告げた。

私は陽子に電話して、経緯を話して、病院で待ち合わせをした。

私が病院に着くと、すでに陽子は来ていた。

目が覚めるまで数時間はかかると言うので、陽子と病院近くのコーヒーショップまで歩いた。

「あそこが先生が見つかった場所」

陽子が指さして言う。

なだらかな下り坂が五十メートルほど続いている。その先はT字路になっていて、車がひっきりなしに通っている。

「先生、わざと溝に飛び込んだんじゃないかな」

陽子がぼそりと言う。

「前に言ってたのよ。坂で止まれなくなったことがあるって」

改めて、坂道を見た。健常者にとっては何でもないなだらかな坂道だ。町が一望できるので、眺めながら下っていくことが出来る。しかし、彼にとっては命がけの下り坂なのかもしれない。

「坂道を降りてて、そのまま勢いがついて止まれなくなった。前を見ると車が行きかっている。そのまま突っ込むか、何とかして止まるか」

「彼は止まる方を選んだ」

陽子に続けて言った。「転べばいいじゃないか」

「それさえも出来なかった。身体を横に揺らすのも難しかったんじゃないでしょうか。出来るのはわずかに方向を変えるだけ」

「それで溝に突っ込む方を選んだ」

「溝に突っ込めば、とりあえず止まれますから」

二人はしばらく黙り込んだ。

私たちにとっては何でもないことに、大きな決断を必要とする者もいるのだ。

「これからどうする」

「とりあえず、佐藤《さとう》先生に電話しました。内藤先生のかかりつけ医。パーキンソン病についてもね。ケガの具合を聞かれたので、異常はないと言っておきました。一番心配だろうから。なんせ、二回も開頭手術をやってる」

「きみはその医者を知ってるのか」

「手術には二回とも私が付き添いました。先生、家族はいないし親戚も疎遠だから」

陽子が時計を見た。

「帰りましょ」

病院に戻ると理沙と剛志がいた。

「勝手ですが、私が連絡しました。家に連れて帰るのは人手がいると思って」

「ほんと、手のかかる先生だ」

理沙が突き放したように言うが、彼女の言葉は不思議と嫌味に聞こえない。


私は剛志と理沙と一緒に中央病院に来ていた。内藤さんの主治医、佐藤医師に会うためだ。内藤さんがケガをした日、彼を家まで送った帰り、陽子から一度、パーキンソン病の主治医に会ってくれないかと頼まれたのだ。私たちは曖昧な返事をしたが、翌日には〈佐藤先生とのアポが取れました。午前の診察後なら、いつでもいいそうです〉と、メールが陽子から三人に届いた。

佐藤医師が脳のレントゲン写真を指さした。右下にサンプルの文字がある。

「まず、パーキンソン病の説明をしておきます」

改まった口調で言って、私たちに向き直った。

佐藤医師は三十分ほどかけて、丁寧にパーキンソン病の説明と、内藤さんの病状について説明した。

分かりましたか、という顔で三人を見ている。

「おじさんは普通に話せるし、一見普通に歩いてる。腕の震えはあるようだけど、まだ病気の初期ということですか」

　理沙が私たちの代表という表情で聞いた。

「彼の場合、ドパミンの値が健常者の二十パーセント以下なんです。本来なら、歩けなくなっていい値です。しかし、彼は歩いています。いわゆるペンギン歩きもしていない。医学的には非常にまれなケースです」

「単にラッキーなだけですか」

「我々も調べました。三年にわたってね」

　佐藤医師は首をかしげて数秒黙り込んだ。

「結論は分からない。でも、他の患者さんと違うのは、彼が空手をやっていたということと、鍼灸師をやっていたということです」

「自分に鍼灸やってる訳じゃないでしょ」

「空手をやってて、身体を鍛えてたということですか」

　理沙と剛志が続けて聞いた。

「我々にも分かりません。でも他の患者さんとはそれくらいしか違いがないんです。もっと詳しく調べる必要があるかもしれません」

「そう言えば、話してるときも身体を動かしてる。手や腕の震え以外に、という意味だけど」

理沙が手首を回したり、足首を回しながら上に上げる動作をした。いつも内藤がしている動きだ。彼は無意識にやっているのだ。

「他の患者さんとどこが違うか、聞いたことがあります。彼は同じだって。しつこく聞くと、あえて言うなら身体の重心の取り方が違うのかもしれないと言ってました。身体が傾いていても、重心はつま先か、かかとにかけてるって。倒れにくいほうに。自分は意識しなくても、身体が覚えてて無意識のうちにそうしてるかもしれないって言ってたな。それが体幹を強くする体操になってるのかもしれないし、筋肉のつき方や歩き方に違いを与えているのかもしれません」

佐藤医師は思い出すようにゆっくりと話した。

「だから、他のパーキンソン病の人とは違うというの」

「可能性の問題です。きっちり、データを取ってもいないし」

「彼、頻繁にストレッチやってた。足の太ももやふくらはぎを伸ばすような。そういうことは効果があるのですか。つまり、パーキンソン病の改善にそういう物理療法が効くというような」

「私には分かりませんでした。生活における無意識の動作かもしれません」

「腕や肩も頻繁に動かしてました。筋肉を伸ばしたり、縮めたりということなのかな。意識してやってるんじゃないかもしれない。確かに無意識のうちに動かす習慣が出来ているのかもしれない」

私は内藤さんの日頃の動きを思い出しながら言った。

一時間ほど佐藤医師と話した。次の診察の準備があるという佐藤医師と別れて、病院を出た。

私は佐藤医師の言葉を考えながら歩いた。今になって、内藤さんの日頃の細かい動作が頭の中に浮かんでくる。いつも手足を動かしていた。あれは病気による震えや痙攣とは別のものだ。

剛志と理沙も何も言わず歩いている。おそらく私と同じことを考えているのだ。

十分ほどで駅に着いた。

「死ぬことはない病気。治療法のない病気。少しずつ進行していく病気。なんか、ズシッと心に響く病気なんだ」

理沙が神妙な顔で言う。「あのおじさん、けっこう苦労してるんだ。自分勝手で無作法なおじさんだと思ってたけど」

「気にしてるから、今日だって来たんだろ」

「剛志だって来てるでしょ。あんた、ひきこもりだと思ってた。知り合いにいるから、雰囲気で分かるんだ」

「家にいても、別にやることもなかったし。天気も良かったから」

剛志が言い訳のように言う。

「長谷川さんは、なぜ来たんですか」

「きみらと同じだと思う。内藤さんには、どこか放っておけないところがある」

それっきり私たちは何も話さず、改札を通った。電車の中でも無言だった。それぞれの下車駅に着くと、目で挨拶を交わして降りて行った。

おそらく私たちの心の中には、照れたような視線を向ける内藤さんの姿があったのだ。そして内藤さんの置かれている状況は、形や程度の差こそあれ、自分たちにも通じるところがあった。

5

内藤さんの部屋からの帰り、いっしょに来ていた篤夫と陽子も入れて五人でコーヒーショップに行った。

「長谷川さん、息子がいたんだ」

理沙が篤夫を見ながら声を上げた。

「リーリさん、ユーチューブ見てます。日課みたいになってます」

「篤夫、理沙さんを知ってるのか」

どうりで、私がコーヒーショップに篤夫を誘うと拒みもしないでついてきたわけだ。

篤夫には剛志についても話していた。ほぼ同年代なので、話し相手になると思ったからだ。

「アレって、その日に作るんですか。だとすると、メチャメチャ早起きしなきゃダメでしょ」

「前の日の夜、お風呂に入る前、四十五分で作り上げる。二十五分で動画を撮って、二十分で編集する。セットしておくと、翌朝八時にアップされる」

「すごい。頭いいですね。アレを四十五分で作るなんて」

「要領の問題。あらかじめ、手順を決めておく。動画撮りの手順や小道具なんかも。百均行ったときに、使えそうなもの買っておく。今じゃ、けっこう溜まってる」

「理沙のユーチューブ、見せてよ」

「まだ見てなかったの」

理沙はタブレットを出して立ち上げた。

「オハヨー」の言葉と、顔写真が現れる。その写真がめまぐるしく変わる。

顔の半分ほどのマスクに大きめのサングラスをかけている。その二つで顔はほとんど隠れている。

「これ、本当に理沙なの」

「顔を知られたくないのよ。問題が多そうだったから」

「でも、すごいね。これで登録者二万人だなんて。なに投稿してるの」

「私の日常」

「マスクとサングラスで顔を隠した日常だろ。つまり偽物の日常。でも学校は――」

剛志は画面をスクロールした。他の動画の縮小サンプル、サムネイルも、マスクとサングラスはしていないが、ハートやスペードなどで顔を隠している。

「顔を見せればいいのに。かわいい部類に入ると思うし」

「みんなに言われてる。そろそろ顔見せして、やめようかとも」

「もったいないよ、やめるのは」

「何か大きなことやって、そのまま消えようかとも思ってる」

理沙が愉快そうに言う。

ユーチューブ動画は一つが一分。半分が室内、残りが町の風景だった。理沙はその中で、一日を振り返っている。やったことや、出会った人のことを率直に述べている。スピード感はばつぐんだった。

「これだけ」

「そう。私も驚いてる。登録者は私を身近に感じるんだろうって、分析している。自分の生活と比較して、安心してるってのもある。大して違わないから。暇つぶしと、日課。朝、電車の中。夜、寝る前の時間。お風呂に入ってるとき、トイレで座ってるとき。私は何してるんだろうって、きっとみんな考えるんだ。そんなとき私のユーチューブを思い出して、これでいいんだって安心するんじゃないの。私の日常こそが、自分たちの日常だと思って」

理沙は他人事《ひとごと》のように言う。確かに理沙の言う通りかもしれない。顔のない少女に自分を重ねて、自分の日常を納得させているのだ。

私は動画を見つめていた。会社にいたとき、私は日本のイベント業界の最前線で戦っていると信じていた。しかしその空間は、表層にすぎなかったのかもしれない。この日常を紹介しているだけの動画が、万単位の支持を受けているのは現実なのだ。

「長谷川さん、興味あるの」

理沙が問いかけてくる。私は画面から顔を上げた。

「なんでこんなのがウケるのかと思ってるんでしょ。長谷川さん、ユニバの社員だったんでしょ。大手の広告代理店。数万人規模のイベントにも名前が出てる。ただし、最後の方に数十並んでいる名前の一つだけど」

四人の視線が私に集中している。ユニバ、ユニバーサルアドバタイズメント。私の元の職場だ。

「今の時代、ネットで調べればたいていのことは分かる。いいことも、悪いことも。ただ、嘘も多いけどね。長谷川さん、なんで辞めたの」

「人生、色々ある」

「言いたくないんだ。私は聞きたいけど。またいつかでいいから教えてね。でも、大規模イベントの経験者がいるってことは心強い」

理沙は意味あり気に私を見た。

「私は落ちこぼれたんだ。期待しないでほしい」

「期待はしてないけど、意見くらい言えるでしょ。経験ある年配者として」

「私にとって、新しいことばかりだ。きみたちを見ていると、確かに時代の転換期だな。勉強になるよ」

「でも、本音は、こんなもの何の役に立つんだと思ってるんでしょ。正直に言いなさいよ」

言葉に詰まった。半分は当たっている。だが、それだけでもない。

「だから、少し方針を変えようと思って。原宿でおじさんが歩けなくなってた時、早く行けって背中を押した何かがあったのよ。頭でも打ってたら大変なことになるぞって。おじさんのこと、紹介したいんだけど、難しいかな」

思ってもみなかった言葉なのでやはり、即答は出来なかった。

「普通の人には興味はないんじゃないかな。理沙の日常だから興味を持って、みんなは見てる。内藤さんじゃあね。ボクはパス」

剛志が冷静な口調で言う。「映像を載せるのか、理沙が文章を書くのか。パーキンソン病を紹介するのか。内藤さんに書いてもらうのか。色んな方法があるけど、どれを取るつもりだ」

「考えてない。文章を書くほどおじさんや病気について知らないし、写真や映像は、おじさん嫌がるんじゃないの。迫力はあるけど、パスされる可能性の方が強い」

「内藤さんに書いてもらうのが一番じゃないの。病気の当事者だから、言いたいことはあると思う。プライバシーの問題もクリアできるし」

剛志の言葉に理沙がスマホを出して電話を始めた。

「おじさん、イヤだって。手紙もここ数年、書いたことがないって。字なんて役所で名前と住所を書くだけだって」

理沙のぶっきらぼうな声が返ってくる。

6

内藤さんの家に行き始めて、ひと月がすぎた。訪問する回数は初めよりは減ったが、週に一度は行っている。理沙からメールがあって、時間のある日を聞いてくるのだ。理沙と剛志はいつでも時間は作れると言ってくる。一人や二人では行きづらいが、三人であれば落ち着くと言うのだ。

「今日、付き合ってくれないか」

内藤さんが私に突然言った。

「どこか行きたいところがあるんですか」

「だから、あんたを呼んだんだ」

昨夜、内藤さんから電話があり、明日時間があるかと聞かれ、少しならと答えたのだ。

内藤さんに連れられて、高円寺に行った。

電車を降りて、途中でコンビニに寄って三人分の弁当とお茶を買った。

よく晴れた日で四月の風が吹き抜けていく。内藤さんと歩調を合わせ、久し振りにノンビリと歩くことが出来た。

「遠いんですか。歩くのは大丈夫ですか」

「そんなに病人扱いするな。気が滅入るよ」

十分ほど歩くと、静かな住宅地に入った。似たような家が並んでいる。

大きくはないが庭付きの家に入っていく。

「戸塚清美《とつかきよみ》さん。友の会のメンバーだ」

友の会とは「全国パーキンソン病友の会」のことだ。いつか来てほしいと言われていた。

「内藤さん、よく来てるんですか」

「たまにだ。そんなにたびたびじゃない。女性の一人暮らしだ。男、一人じゃマズいだろ」

そう言いながらもインターホンを押し、ドアを開けると、今から入るよと声をかけて返事を待たずに中に入る。

「インターホンまで二メートル程度なんだ。しかし、そこまで行くのに月までの距離の人もいるんだ」

勝手に靴を脱いで上がっていく。

私も後に続いた。廊下には補助手すりが付いている。

奥の部屋にはベッドに中年の女性が座っていた。小柄で色白の女性だ。

「今日は介護士が午前中だけなんだ。午後は清美さん一人だ」

内藤さんはテーブルに、途中で買ってきた弁当を並べていく。

「昼を食ってから、庭の草抜きと花の球根を植える。長谷川さんが手伝ってくれる」

私を無視して言うと、手伝えと合図をして、清美を立たせてテーブルのイスに座らせた。

清美はしきりと恐縮しながらも、内藤さんの言葉に従っている。

「いつも有り難うございます。長谷川さんのことは内藤さんからよく聞いています。それと若い方二人のことも。いつか会わせたいって言ってました。私たちのために時間を作ってくれてるんでしょ。みんな感謝しています」

内藤さんはコップを出し、お茶を淹れ、手際よく食事の準備を整えた。清美も自然な様子で見ていた。

「時々来て、色んなことを手伝ってる。俺たちは助け合わなくちゃ、生きていけないんだ」

内藤さんが言い訳のように言う。

一時間ほどで食事を終えると、内藤さんは私に手伝わせて慣れた様子でイスから車椅子に清美を移した。

庭に出て、車椅子を庭の端に止めた。

清美の指示に従って、私たちは庭の手入れと花の球根を植えていく。

「彼女は発症五年目。パーキンソン病だ。俺より遥かに進行が速いね。特に足の筋肉が落ちている。だから俺が体操をさせている。初めは嫌がってたが、しつこく言ったら一年前から始めた。今はなんとか、一人でトイレには行けてる。だから、自宅に住むことが出来てる。彼女、死ぬまでこの家で暮らしたいと言ってる。出来る限り助けたい」

内藤さんが庭の作業をしながら声を潜めて話した。

「内藤さん次第、ということですか」

「バカ、そんなこと誰にも言うな。俺の方が助けられてるよ。俺も人の役に立ってる、頑張らなきゃという気になるからな」

しばらく考え込んだ後、再び口を開いた。

「俺なりに研究してるんだ。今のところパーキンソン病は医学的には治らない。画期的な治療薬が開発されなきゃな。しかし、進行を抑えるというか、他の器官や能力を発達させることにより、現状維持か多少の機能回復は出来るような気がする。清美さんも俺が初めて会った時は、憂鬱な顔をしたおばさんだった。ただ死ぬのを待っていた。俺が棺桶に片足入れてるような顔だなって言っても、怒らなかった。陽子が怒ってたけどな」

内藤さんが土を掘り返しながら話した。

「歌を歌ってましたよ、清美さん。我々が球根を植えてるとき、口ずさんでました」

「俺も聞いてた。いい声だ」

内藤さんがしみじみした口調で言う。

私と内藤さんは三時間近く清美の家にいた。その後、私は内藤さんを送っていった。

お茶でも飲んでいけという内藤さんに誘われ、家に上がった。

「人間に必要なモノってなんだと思う」

内藤さんが改まった顔で、突然聞いてきた。

思いがけない質問だったので、数秒考えてしまった。

「思いやりですかね。いまの世界ではみんなが自分中心ですからね。他者のことを考えない」

「そうだろうな。みんな余裕がなさすぎるんだ。自分が生きていくのに精一杯で。あれが欲しい、あれが食べたい、あそこに行きたい。世の中はモノと情報に溢れている」

「内藤さんもそう思いますか」

「俺は生きがいだと思う。俺にだってあったんだ。大人になったら、日本一の金持ちになろう。女手ひとつで育ててくれた母親に楽させてやろう。一緒に世界一周の旅行に出よう。母親が死ぬときに俺は謝ったんだ。旅行に連れていけなくてゴメンって。そのとき、母親は俺をじっと見て、あんたに自転車を買ってやれなくてゴメンと言ったんだ。俺は涙が止まらなかった」

内藤さんはしばらく黙っていた。

「小学校の時、自転車が欲しいと言ったことがある。母親は覚えていたんだな。高校の時、アルバイトをして自分で買った。母親はハンドルのカバーを買ってくれた。冬寒いだろうって」

一度も使ったことないけど、と小さな声で言った。

「母親は俺に自転車を買うことを目標に頑張ってたそうだ。人には目標が必要なんだ。それが生きがいになる。それが何であってもいい。かなわなくてもいい。とにかく目指すものがなきゃ、なにをやっても気が入らない」

「内藤さんの目標は――」

「死ぬまで自分でトイレに行くことだ」

冷蔵庫と壁に貼ってある紙に目を向けた。

「壮大な目標だ。内藤さんならできます」

私が帰るとき、玄関まで来た内藤さんに呼び止められた。

「次の日曜日、時間はあるか」

「何かあれば、手伝いますよ」

「午前十一時、駅前に来てくれ」

それだけ言うと、奥の部屋に戻っていく。


約束の時間に駅前に行くと、内藤さんが車椅子の後ろで待っている。

車椅子には清美が座っていた。横には陽子もいる。

「これから美術館に行くんだ。俺と陽子さんだけでは心配なんで、あんたを頼んだ」

車椅子に座っている清美が頭を下げた。明るい色のブラウスを着て、化粧をしている。陽子が手伝ったのだろう。

「清美さん女性だろ。家の中では何とかなるが、外では俺も自信がない。やはり、女性の助けが必要な時があるんだ」

トイレだよ、と内藤さんが耳元で声を潜めて言う。

二時間余り美術館ですごした。内藤さんは車椅子を押しながら、しきりに清美に話しかけている。

私は陽子とイスに座って二人を見ていた。

「あんなに楽しそうな先生と清美さんを見るのは初めてです。長谷川さん、有り難うございました」

「私に感謝することはない。ただ、ついてきただけだ」

「長谷川さんと剛志さん、理沙さんには、先生はすごく感謝してます。それに、篤夫くんにも。病気が分かって、人とこんなお付き合いをするのは初めてなんです。病《やまい》は気からと言うけど、何分の一かは本当のような気がします」

「ひどいのか、清美さんの病状」

「病気は進行しています。二年前はなんとか歩けたんですがね。歩けなくなって、外出の機会が減り、寝たきりになる。高齢者の方の通常のパターンです。清美さん、五十八歳です。体力さえ戻れば歩けるかもしれません」

陽子がため息をついた。

「失礼だけど二人はどうやって生活してるの」

陽子は一瞬戸惑う表情を見せたが話し始めた。

「清美さんはご主人の遺族年金。先生は駐車場の賃貸収入。本来なら生活保護なんだけど、先生は駐車場を持ってるのよ。昔、道場があったところ。あそこは自分の原点だと言ってたから手放せないんでしょ。先生を知ってると、分かる気がする。自分の人生はあの地で始まり、あの地で終わるって言ってました」

私は、しきりに清美に話しかけている内藤さんを見た。

内藤さんたちと付き合うようになってから、仕事のシフトを夜勤から日勤に変えてもらった。夜勤はもう体力的にムリだと判断したからだが、ホンネは彼らと一緒にいる時間を増やしたかったのかもしれない。

第三章　プロジェクト

1

三か月がすぎたが、私と剛志、理沙の三人は、仕事や学校帰りに、週に二、三度、内藤さんのマンションに集まっていた。前日に誰かから電話があるのだ。

三度に一度は篤夫が加わるようになった。剛志と気が合うらしく、大学と予備校が終わってから、コーヒーショップなどでも会っているらしい。大学には行っているようだが、詳しくは話したがらなかった。

内藤さんにはどこか放ってはおけない危うさ、悲しさ、もろさを感じるのだ。それは私たちすべての人間が持つ、心のありように通じるものかもしれない。しかし、彼はそれを跳ね返す、陽気さと人懐っこさを持っている。

内藤さんも私たちを待っているらしく、お菓子や飲み物を用意している。夕方か夜、内藤さんの家に集まり一時間あまり話して帰っていく。

「おじさんさあ、夢はないの」

ある時、理沙が何げなく聞いた。全員の目が内藤さんに集まる。

私も気になっていたところだ。治ることがなく、日々悪化していく病気を抱えた内藤さんの本心が知りたかった。

「ないよ。この身体じゃ、出来ることは限られてる」

内藤さんはあっけないほどに即答した。理沙も拍子抜けしたらしく、ただ頷《うなず》いている。

「昔は鍼灸で身体の悪い人を助けたり、学生時代に空手で日本一になりたいとか思ってたけど。プッツリ切られた感じだ」

内藤さんが腕を突き出して、手を広げた。小刻みに震えている。これで何が出来ると問いかけている。

「空手のパラリンピックてのはないの」

「知らないよ。考えたこともない」

「あったら出てみれば」

「やめなよ。パラリンピックは障害を持つ人の競技会。パーキンソン病は障害じゃなくて病気だよ。進行性の」

理沙の質問に剛志が答える。

「殴ったり、殴られたりするのがイヤで、空手の形《かた》に重点を置いていたんだ。仮想の敵と戦う演武だよ。今さらって気がする」

「おじさんの夢、死ぬまで自分でトイレに行く、じゃなかったの」

「それは夢のまた夢。現実は人の意志を砕く」

内藤さんの話を聞いて、陽子の言葉を思い出した。

――確実に身体の衰えと病気の進行を感じます。一番の問題は生きる気力の喪失かな。すべての患者さんに共通している。

「一年ごとの夢にすればいいんじゃないですか。一年すぎれば、また一年って」

「そのうちに死んじゃう、てわけか。夢はかなう」

「今のところしっかり目標は達成してる。お医者さんも感心してた」

私はそうとしか言えなかった。

「そうだな。ささやかな夢だがかなっている。でも、俺にとっては壮大な夢だ。あと何年続くか」

内藤さんが弱音を吐いたのは初めてだ。

「じゃあ、何かやりたいことはないの」

理沙が再度聞いた。

「もう、還暦だよ。自分でも歳をとったとイヤになる。五十二で発症して、八年間。二年で仕事が出来なくなった。社会のお荷物、と言われたこともある。この身体で、やりたいことを聞くより、やれることを教えてくれよ」

内藤さんが私たちに視線を向けてくる。

内藤さんと目が合って、私は思わず下を向いてしまった。

「色々あるんじゃないの。内藤さん、普通に喋れてるし、動けてるし」

「そうだよ。ドクターは一人で生活をしてるのが不思議だって言ってた」

「他のパーキンソン病の人たちはどうなの。難病指定されてるんでしょ。そういう人の集まりってあるんじゃないの」

「パーキンソン病の友の会に入ってる」

「日本で十六万人、アメリカで百万人って言ってたね。けっこうな患者数だ。日本の支部は――」

理沙がスマホを出して、読み上げ始めた。「全国パーキンソン病友の会」は一九七六年発足、本部は東京都中野区にある。支部は全国の都道府県に四十五あり、会員数は約八千人。パーキンソン病の社会的認識の向上や医療・研究への協力、会報誌の発行、海外団体との交流などを行っている。

色々言いながらも理沙は調べているのだ。

「どんなことやってるんですか」

私は聞いた。

「情報交換かな。病院や医者の紹介なんか。各々の日常の生活情報を話してる」

「断酒会みたいなもんですか」

「俺は知らん。断酒会なんて行ったことがない。あんた、出てるのか」

「行ったことないです。テレビや映画なんかで、やってるでしょ。輪になって自分の経験を話し合う。なぜアルコールにおぼれたか、どうやって抜け出したいか、とか」

馬鹿なことを聞くな、と剛志が目で言っている。パーキンソン病と断酒とは違いすぎる。

「テレビは見ないし映画にも行かない」

「デカいテレビがあるじゃない」

理沙が壁際の五十インチテレビを目で指した。

「あれは仕事で使ってた。空手で新しい形を研究したり、試合で撮った映像を見て研究するためだ」

内藤さんがぶっきらぼうに答える。

「毎日、家の中にいると退屈でしょ。何かやりたいこと、考えなよ。手伝ってあげるから」

理沙が威勢よく言う。彼女が言うと何でも出来そうな気がする。

帰りに陽子と会って、四人で近くのコーヒーショップに入った。

「先生、夢はないって言ったんですか。夢はあったはずです。昔、道場をやってた頃、オリンピックに出るんだと言ってました。世界の空手人口は一億人以上います。今は種目にないけど、必ず種目になるときが来る。自分が現役にいるときになってほしいって。必ず出場してメダルを取るって言ってました」

「金メダルじゃないの」

「自分を知ってましたから。そこそこにはいくが、一番にはなれない。運も悪いし」

陽子は笑いながら言う。

「今の夢は――」

剛志が言いかけてやめた。

「部屋に貼ってあるでしょ。私は取りなさいって言ったんだけど。私の前で、声に出して読むようになった」

陽子はおかしそうに言って笑ったが、突然表情を引き締めた。

「私はオリンピックに出るより、この方が壮大な夢だと思う。金メダルは人生を懸けた挑戦かもしれないけど、先生の今の夢は命を懸けた挑戦に思える。人間の尊厳ね」

命を懸けた挑戦、人間の尊厳、陽子の言葉は心に重く、深く響いた。剛志も理沙も同じらしく何も言わない。

帰ろうか、という理沙の言葉で私たちは立ち上がった。


翌日も私たちは内藤さんの家に集まった。理沙から会おうというメールが来たのだ。

遅れてきた理沙が、イスに座るなり言った。

「おじさん、体操をまとめようよ。いつも足の屈伸運動したり、腰に手を当てて身体をひねってるでしょ」

理沙が立ち上がって、手を腰に当てて、背筋を伸ばしたまま両足の屈伸運動を始めた。

「私もやってみたけど、なかなかきつい。おじさんは自然にやってるようだけど」

「ボクも気づいてた。手首や足首をぐるぐる回すのも。ラジオ体操とも違う。あんなの見たことがない」

「ドクターが言ってた体幹を強くする体操でしょ。パーキンソン病患者向けの体操として使えないのかな。ユーチューブで流せば、かなりの人が見るよ」

剛志と理沙が交互に言う。

「陽子から聞いた。佐藤先生に会ったんだってな。俺のこと気にかけてくれて感謝してる。しかし、俺は意識して何もやってないよ。昔やってた、空手の練習前のウォーミングアップ。今も無意識にやってるんだろうな。今は生きてくので精いっぱいだ。食事を作ってトイレに行く。俺のすべてだ」

「ドクター、驚いてたよ。ドパミンの数値から考えると、車椅子でも不思議じゃないのにって。おじさん、普通に喋れて歩いてる。腕や身体の震えも、モハメド・アリほどじゃないし。一九九六年アトランタオリンピックに、最終聖火ランナーとして出てたでしょ。調べたのよ」

理沙が説得する口調で言う。

「頭に穴を開けたおかげだ。震えも少なくなったし、今のところ歩けてる。佐藤先生には感謝してる」

「ドクターは他の人より筋肉の付き方や歩き方が違うのだろうって言ってた。だから、他のパーキンソン病の人たちにも体操を広めれば、今度はおじさんが感謝される」

内藤さんは理沙から視線を外した。数秒、考えていたが、首を横に振った。この件は、これ以上話しても、ムダだという合図のように感じる。

「パーキンソン病の患者用の体操なんて五万《ごまん》とある。やってる人もたくさんいる。俺がやってることなんか、みんなすでにやってる」

「体操じゃない。ダンスを作る。リズムに乗った一連の動き。一歩前に。レッツ、ダンス。ダンスを楽しもう。日本のパーキンソン病の患者の会に呼びかける。いずれは世界にね」

理沙が歌うように言った。賛同したのは剛志一人だった。

「理沙に賛成。言葉の壁を越えるのは音楽とダンス。世界共通の言語、ゲームもだけど」

「誰が作るんです。内藤さんにはムリだ」

私の言葉に理沙が内藤さんを見た。

「すでにあるっていう体操、効果あるのかな。やってる人、多少は良くなってるの」

「いや、やり方に問題があると思う。俺の場合、やってるとしたら無意識にやってる。イスに座ってるとき、飯を食ってるとき、新聞や本を読んでるときも、色んな形でやってるんだろうな」

「ソレじゃ分からない。もっと具体的に話してよ」

内藤さんが考え込んでいる。自分でも分からないのだろう。

「やり方なんてみんなで考えていけばいい。おじさんが最初の一石を投じるの。ファーストペンギンになるのよ」

理沙が続ける。

ファーストペンギンとは、危険が待っているかもしれない海中に飛び込む最初のペンギンのことだ。

「スポーツ選手が、よくみんなに元気を与えたいって言ってるでしょ。スポーツなんて生産性ゼロ。でも、多くの人に愛されて支持されてる。みんな堂々と頑張って、多くの人に夢と元気を与えてる。おじさんだって同じ。おじさんが頑張ってる姿を見て、元気づけられる人も大勢いる。その上、おじさんの体操で多くのパーキンソン病の人が自立の期間を延ばすことが出来れば、すごい社会貢献」

「俺のやってることが、みんなに通用するとは限らないだろう。たまたま俺にだけプラスに働いているのかもしれない」

「すごく消極的ですね。内藤さんらしくない。分からないモノなら、やってみるべきです。何が怖いんですか」

私は思わず言った。理沙の熱心さに応援する気になったのか。

「怖くはないよ。ただ——今さらって気がする」

「おじさん、恥ずかしいんじゃないの。自分が昔の空手家の身体じゃないんで」

理沙の言葉はいつも遠慮がなく辛辣だ。

「ここまで落ちればそんなことどうでもいい。面倒臭いことはやりたくないんだ」

「内藤さん、そりゃないです。落ちればなんて。同じ病気の他の人たちはどうなるんです。彼らも落ちたんですか。ただ不幸にも病気になっただけ。普通の人以上に頑張って生きなきゃならないし、生きようとしている。その姿は、見る人に勇気を与えます。スポーツと一緒です。生産性なんて関係ない」

内藤さんの気持ちが一瞬だが動いたような気がした。

「やっぱりダメだ。俺は断るよ。今日は疲れたので早めに寝る。後は勝手にやってくれ」

内藤さんは突然立ち上がると、隣の寝室に入って行った。

「やる気、ゼロだね。おじさんに、もっと積極的になってもらいたいだけなのに」

理沙が内藤さんを目で追いながら言う。

「あの人独自の体操なので、他人にも同様に作用するかは分からないけどね」

「医者の言ってることが証明できれば、社会的にも有意義なものかもしれない」

私は内藤さんが無意識にやっている手足の動きを考えながら言った。

「ボクたちが、内藤さんにとっていいことだと勝手に決めつけてたんだ。彼にだって、色々と葛藤はあるだろ。病気のこともさらけ出さなきゃならないし」

「確かにそう。本格的に自分の病気と向き合うってことだもの。つらいよね」

珍しく理沙が素直に頷いている。「でも、惜しい気もする。せっかくドクターは喜んでたのに。色々と計画はあったんだけどね」

「計画って——。そんな話、初めて聞くよ。具体的に話してよ」

「ドクターとまた会ったのよ。おじさんの体操を広めたらどうかって。やりすぎなきゃ悪影響もないし、投薬と違って法律的な問題もないから、やってみればって賛成してくれた」

「問題がない代わりに、効果の医学的証明もないよ」

「おじさんがいるじゃない。生きている証拠。ドクターも不思議がってる」

理沙はあくまで強気だ。

「まず、おじさんが台本を書く。つまり、おじさんの体操のやり方。モデルを使って、おじさんの体操を再現する。それをスマホで撮って編集する。ムダなところを切り取って、一回、二分程度の長さにする。動きに合わせて音楽を入れる。つまり、動画を作る」

「それをユーチューブで流すってことか。そんなに難しくはなさそうだ」

「そうでしょ」

理沙と剛志は簡単そうに言うが、私にはハードルはかなり高そうに思えた。

2

私は帰りに陽子に会った。

陽子に理沙たちが内藤さんの体操の動画を作りたがっている話をした。

「佐藤先生が言ってたでしょ。内藤先生は例外だって。本来なら、歩けないはずだって。先生が他の患者さんと違うのは経歴くらい。昔、空手家だったという。だからそれが影響してるんじゃないかってこと」

「医学的な根拠も証明もないんだろう。早急に結論付けることじゃないと思う」

私の言葉に陽子はしばらく考えていた。

「私の部屋に来ませんか。もし、時間があるのなら」

私は陽子の部屋に行った。１ＬＤＫのアパートだ。

陽子は十枚近くのＤＶＤを持ってきた。

「先生の病気になる前の映像です。もう十年以上前になりますね。県大会の試合の時かな」

テレビの画面に、内藤さんが空手着に黒帯姿で現れた。一人中央に立ち、強烈な声とともに腰を落とし構えを取った。精悍な顔つき、俊敏で堂々とした動き、見慣れている内藤さんとは別人のようだ。身体もかなり引き締まっている。

「空手には組み手と形があります。先生は両方やりますが、形の方が好きみたいでした。形は一人でやる演武です。敵を想定して、受け手と攻撃を一人でやります」

内藤さんは腰を落とし両足でどっしりと、大地に吸いつくように畳を踏み締めている。身体の軸が畳と垂直だ。

「演武の採点は技術点と競技点の二つの合計で決めます」

陽子が内藤さんの動きに合わせて説明を始めた。

技術点は正しくその形を演武出来ているか、競技点はより効果的な技が繰り出せているかを採点する。それぞれ七割と三割という配点だ。

技術点の基準は、立ち方、技、流れるような動き、タイミング、正しい呼吸、そして正確に技をコントロールできているか、流派の形の基本に一貫性があるかどうかだ。

競技点の基準は、技の力強さ、技のスピード、技を繰り出した時の体のバランスだ。

内藤さんの表情や声、動きは気迫に満ち、あたかも実際に敵に向かう迫力を感じさせる。

会場には高速で繰り出される腕や足から空気を切る音が響き、畳を蹴り、踏み締める音が轟《とどろ》く。

すごいね、私は思わず呟いていた。

「身体の軸がまっすぐで、どんなに動いてもブレてないでしょ。常に腰は低く。重心を低くしてるんです。足もそうです。足の裏が畳に吸いついている。空手はバランスです。どこから敵が来ても対処できるように。バランスの移動に常に注意を払っています」

陽子の説明通りだ。飛び上がって、蹴りを入れた後も畳に腰を落として、重心は常に低く、どっしりと安定している。身体と畳は垂直を保っている。バランスが取れているのだ。

「だから今も無意識のうちに、身体全体で重心を低くしてブレずに歩くことが出来るんです。ペンギン歩きにもならず、重心を低くして安定性に注意してるので、転ぶ数は少ない。転ぶ時も柔道の受け身で、ケガは最小でくぐりぬけている」

「なんだか、ダンスみたいだ」

理沙の言葉を思い出して、その通りだと思った。

「先生も言っていました。究極のダンスです。一人ダンス。でも、目の前には常に最強の敵がいる。そう信じて演武しろって。終わった後は汗びっしょりです。なにしろ、最強の敵と戦い、やっつけたんですから」

陽子はDVDを入れ替えた。多少ぼやけてはいるが、道場の真ん中に内藤さんが座っている。今度は内藤さんの前に、彼より一回り大きな男が立っている。

「相手を立たせての練習です。二人の動きに気を付けて見てください」

立ち上がり、正面に向かって礼をする。対峙すると正拳に構え、掛け声とともに右腕を突き出す。

驚いたことに上半身はまったくぶれていない。やはり身体の軸は畳と垂直なままなのだ。

両腕、両こぶしを使って三分余りの試合をした。私には動きが速すぎて、どちらが勝ったのか分からなかった。

「どっちが勝ったの」

「もちろん先生」

「内藤さんとは思えないね。動きが優雅で速い」

「これは全国大会の時に私が撮りました。先生は準優勝でした」

「内藤さんの部屋には空手に関わるモノは何もなかった。だから陽子さんに聞くまでは、空手をやってたなんて知らなかった」

「先生は病気が分かってから、すべて捨ててしまいました。空手着も賞状やトロフィーも。写真やＤＶＤもたくさんあったんですが。あれほど空手を愛していた先生なのに。元気な時のことは忘れたいのだと思います」

私は何と言っていいか分からなかった。彼が、理沙の提案を拒む気持ちが理解できたような気がした。

「確かにすごかったね。腰の落とし方、足の運びもどっしりしてたし。内藤さん、体格は私とほとんど変わらないのに、一回りも二回りも大きく見えた」

「空手の基本です。先生は身体の軸のことを特に言っていました。常に大地と垂直に。重心は両足に均等に。つま先とかかと、重心の切り替えを速く。大地にどっしりと立っていれば、どんな攻撃もかわし、攻撃に移れる」

「そういうことすべてが、現在の病状にプラスに働いているのかもしれない」

私も認めざるを得ない気がしてきた。

「この映像は佐藤医師には見せたのか」

「こんな映像があることも知らないと思う。内藤先生も私がＤＶＤを持ってることすら知らない。佐藤先生には先生から空手について話したこともないし、私が言ったこともない。それほど、空手を忘れたかったんだと思います。佐藤先生が知ってるのは内藤先生が空手を教えてたことと、鍼灸師をやってたということだけです」

「佐藤医師にこのＤＶＤを見せて、意見を聞いてみたい」

私の言葉に陽子は病院に電話した。

翌日、私は陽子と待ち合わせて、内藤さんの主治医の佐藤医師を訪ねた。

佐藤医師はじっとＤＶＤの映像を見ている。繰り返して三度見た。

見終わって、佐藤医師は深い息をついた。

「初めて見せてもらった。大いに勉強になりました。内藤さんが発症前までにやっていたことは分かりました。たしかに、普通の人以上に身体能力は優れているでしょう。特にバランスが。それが、パーキンソン病の病状を緩和している可能性はあります。しかし、内藤さんの症状と空手の関係は分かりません。薬の承認と同じです。年単位の治験が必要です」

「内藤さんは今でも無意識のうちに身体を動かしています。パーキンソン病の震えとは別です」

「たしかに、身体の軸がぶれてないですね。普通の人より姿勢がいいし、歩き方が微妙に違うと思ってたけど、これだったのかもしれない。内藤さん、何も話してくれないから」

「空手のことは思い出したくないんだと思います。あれだけ力強く、優雅に動けた人が今では——」

「これをどうしたいのですか」

佐藤の言葉に、陽子と顔を見合わせた。

「他の患者さんに応用できませんか。内藤さん、ドパミンの量はかなり低いんでしょ。本来なら歩けない患者が歩いているっておっしゃいました」

陽子が指摘して佐藤は考えこんでいる。

「内藤さんは空手歴どのくらいなんですか」

「私は小学六年の時から習っていました。そのとき先生は五十歳くらいだから、やはり四十年ぐらいだと思います」

「長年の鍛錬の結果、こういう演武が出来るんでしょう。どの患者さんも出来るとは考えにくい」

「内藤さんほど完璧でなくても、習って鍛えれば多少歩けるようになりませんか。病状の好転も見られるかもしれない」

「私には即答できません。もっと動きを分析して他の患者さんとの違いを見つけ出せれば、何か分かるかもしれませんが」

考え込んでいた佐藤医師が顔を上げた。

「DVDをコピーしていいですか。知り合いの専門家にも見せてみましょう」

「ぜひお願いします」

私と陽子はそろって、頭を下げた。

3

内藤さんから電話があったのは、翌日の昼休みだった。

〈この前の話だけど、まだやる気はあるか〉

内藤さんに似合わず遠慮がちな口調だった。

「内藤さんの体操の話ですか」

〈そう、やらせてもらえないかと思ってる〉

「だったら、私より理沙さんに直接話した方がいい。彼女が言い出したことだし、彼女なりの考えがあるだろうから」

〈あんたから言ってくれないか。俺は強く言いすぎた。反省してる〉

「何かあったんですか」

〈色々あってね。俺に出来ることがあればと思ってる〉

「何があったんです」

〈そのうちに話すよ。今は話したくない。しかし、体操の要点をまとめるとか、動画を作るとか、俺にはムリだ。第一、俺にはどれが体操に当たるか分からない。知ってること、やってることを教えるから、あんたらでまとめてくれないか〉

「理沙さんや剛志くんが出来ると思う。さっそく、連絡を取ってみます」

内藤さんの演武の姿が目に浮かんだ。どっしりと大地に立ち、腕を突き出し空気を切る音が聞こえた。

私は理沙に電話をした。

翌日、陽子の部屋に行って事情を話した。

「断られたのに、急に彼の方からやらせてもらえないかって。内藤さん、何かあったの」

「友達が亡くなったんです。見つけたのは先生」

陽子は一度ためらうように、私から目を逸らしたがすぐに私を見る。

「山下《やました》さんっていう方だけど、先生より一回り下の四十八歳。パーキンソン病を発症して三年目。典型的なパーキンソン病ね。でも、症状の進行が速かった。病気が分かってから、退職と離婚。奥さんは子どもを連れて出て行った」

「彼なら知ってます。内藤さんと一緒に家に行ったことがある」

「山下さん、自殺したんです」

言葉が出なかった。ごく普通の私と同年代の中年に見えた。ただ座って話している分には。

「二人は仲が良かったのよ。山下さんはひきこもってたけど、先生が頻繁に会いに行ってたみたい。弁当やお酒を持って」

「遺書はあったんですか」

「いずれ、自分の生死も決められなくなるだろう。動けるうちに、自分の意思決定は自分で行いたいと。でもこれ、間違ってます。パーキンソン病の場合、病状が進むと、歩けなくなって震えがひどくなるけど、意思疎通は出来ます」

ＡＬＳ（筋萎縮性側索硬化症）や脊髄小脳変性症とは違うと言いたいのだ。これらの病気では、全身の筋肉が動かなくなり、自発呼吸も困難になり、話も出来ず、視力がなくなり、最後には意思疎通も出来なくなる。

「先生、かなりショックを受けてました。電話したんだけど、全然出なくって。家に行ってもいないし。先生まで自殺したんじゃないかと思って捜しました。友の会のメンバーにも連絡して」

陽子は内藤さんの家のカギを持っている。たまに生きてるかどうか見に来てくれと、内藤さんが渡したという。

「私の所には陽子さんから連絡が来なかった」

「迷ったんだけど、やはり迷惑でしょ。普通の人には。こういうの、すごくデリケートな問題だから」

「理沙さんや剛志くんは知ってるの」

陽子は首を横に振った。

「結局、翌日の明け方に家に帰ってきた」

内藤さんから、体操のユーチューブ動画を作ることを引き受けると、電話のあった昨日の出来事らしい。

「この病気は希望を持てないでしょ。死なないけれど、治ることもない。病状は日々進んでいく。今まで何の苦労もなく、意識さえしないで出来てたことが出来なくなる。辛いよね。山下さんの気持ちが分かるって、先生が言ってた。私も分かるって、軽々しくは言えないけどね」

陽子の顔が突然曇った。

「希望が持てない、ということを考えたことがありますか」

私も首を横に振った。

「それは、死につながることです。日々、身体が衰えていく。パーキンソン病の患者は一度は考えたはずです」

陽子が私を見つめている。

「今まで普通に出来たことが、出来なくなっていく。おまけに身体は異変に襲われる。手や腕の震え、足の不自由。手の震えは多くの不都合を生み出します。想像できますか」

やはり私は首を振った。

「字が書けない。服のボタンが留められない。箸が握れない。ズボンのジッパーが下ろせない。他にも多くあります。想像してみてください」

「ズボンのジッパーは困るな」

「子どもでも出来ることが出来なくなるんです。かなり落ち込みます。とくに先生は、昔武道家、その後、鍼灸で人の治療をやっていた人です。手が震えだすと、とてもハリなんて扱えないでしょう。つまり仕事が出来ない、生活が成り立たないということです。幸い先生には駐車場収入がありますが」

「内藤さんの希望は、死ぬまで自分でトイレに行くことじゃないのか」

しかし、この言葉も虚しさに溢れるものだ。

「山下さんとはお互い、励まし合っていたようです」

「山下さんはなぜ、突然死ぬことを選んだのだろう。遺書に書かれてあることが事実だとしても」

「分かりません。ただ、理由は数え切れないほどあるでしょうね。私が言ったことの他にもきっと」

陽子は静かに続けた。

「人の生き死にの理由なんてのは、その人でないと分からないものです。でも、これだけは言えます。命はその人だけのものじゃない。周りの人もその人の生で生かされている場合もあります。そのことを皆さんが知っていてくれれば」

気がつくと陽子の目に涙があふれている。

理沙と剛志に連絡して、陽子の部屋に来てもらった。内藤さんに会う前に、もう一度DVDを見ておいた方がいいと思ったのだ。


「この前は申し訳なかった。こんなこと初めてなんで、どうしていいか分からなかったんだ」

内藤さんは私たち三人に深々と頭を下げた。

「私たちこそ、勝手に話を進めようとして申し訳ありませんでした。中心になるのはおじさんなのに」

理沙が神妙に謝っている。私が話した山下の自殺がショックだったのだろう。理沙と剛志も山下と面識がある。

「実は、今も不安だらけだ。自分でも、何がいいのか分からない。俺は自分の身体が最悪だと思っているが、みんなはいいって言う。以前と比べれば話にならないほど自由が利かない。いつも、これが自分の身体だってことに戸惑いを覚えて、悲しくなる。こんなはずじゃない、って思いながら生きてるんだ」

内藤さんは苦しげな、絞り出すような声で話した。

話しながらも足のつま先を動かしたり、足首を回したりしている。手首も絶えず動かしていた。パーキンソン病の症状ではなく、長年の空手の鍛錬の結果、そういう動作を無意識のうちにしているのだろう。

「まずは、元気だった時の基礎トレーニングを書き出してください。その中で、今も続けている動作があるでしょう。それも書き出す。それらを佐藤医師に見てもらって、パーキンソン病の進行を遅らせる可能性のある動作を選び出していきましょう」

私は言葉を選びながら話した。理沙に体操の基礎になる動作を聞き出してくれと、頼まれていたのだ。

理沙も剛志も真剣な表情で聞いている。死なないけれど、治療法がなく、進行性の病気。陽子が言った言葉が重く心にのしかかってくる。

内藤さんは考え込んだままだ。

「おじさん、今やってる体操って、空手の形なんでしょ」

「形みたいに飛んだり跳ねたりできるはずないだろ。知ってるように、歩くので精一杯だ」

「腰を落として、どっしりと根が生えたようなやつ。ボクたち内藤さんのＤＶＤを見たんだ。空手の形っていう演武」

「大昔の話だ。今じゃ、立ってるのがやっとだ。それも――」

内藤さんが途中で言葉を止めた。次の言葉を探すように視線を空中に漂わせた。初めて会ったとき、道路に転がっていた内藤さんを思い出した。

「病気だから仕方がないよ。ドクターは歩けるだけで奇跡っていうようなことを言ってた。身体を鍛える体操をしてるのかもしれないとも言ってた。やってみてくれない」

理沙は時に無遠慮と思えるほどの質問を平気でする。

「いやだよ。大そうなモノじゃない。リハビリ程度だ」

「そのリハビリ程度のモノをやってみて。そんなに恥ずかしいものなの」

内藤さんは何も言わず立ち上がった。腰を心持ち落として背筋を伸ばす。空手の形と同じだ。

「人の身体には、いつも使っている筋肉と使っていない筋肉があるんだ。俺たちパーキンソン病患者は、いつも使ってる筋肉がイカレてくるから、使ってない筋肉を代用させるほかない。俺の身体は無意識のうちにそれが出来てるんじゃないかと思っている。いずれ、その筋肉もダメになってくるんだがな」

両腕を腰に当てて、身体を垂直にしたまま、すり足で少しずつ前に進む。次に膝を曲げ、同じ動作を二度繰り返した。

理沙がスマホで動画を撮っている。

「いつもは十回くらいやってる。基本的にそれを朝昼晩の三度。しかし、何もやることのない時にはもっとやるようにしている。健常者にもけっこうきついはずだ。昔は百回レベルでやってたけど、今じゃ十回が精一杯だ」

「それは一日に何度くらい」

「十度くらいかな。数えたことないけど。それ以上かもしれない。いつも暇だし、テレビを観ながらやってることもある。無意識にやってるから、分からない」

「それは主に下半身だろ。上半身の体操ってないの」

内藤さんは中腰で立ったまま背筋を伸ばして、両腕を腰に当てて屈伸運動を始めた。次に拳を作って、両腕を前と左右に突き出し始めた。

「これは今の俺にとってはなかなか難しい。バランスが狂うだろ。病気の前は一時間やっても足も動かず、息も切れなかったが、今は五回がせいぜいだ。重心が高くなってバランスが狂うんだろうな。足の筋肉が衰えて、十分に腰が下ろせない」

言葉が終わるとともに足元がふらつき、壁の手すりをつかんで何とか身体を立て直した。

「今の俺は、幼稚園児にも簡単に転がされる」

「でも、六十歳のパーキンソン病の男が普通に立って歩けてる。これは驚くべき事実」

理沙の言葉に、そうだなと小さな声が返ってくる。

内藤さんの家を出て歩き始めると同時に、私たちは顔を見合わせた。

「どう思う」

　剛志が歩きながら私と理沙に問いかけてくる。

「私には分からない。理沙こそ、ユーチューバーなんだろ」

「地味すぎる。あんなの誰も見ない」

　理沙が内藤さんの体操を動画に撮って、音楽と説明を付けてユーチューブに流そうと提案したのだが、当の本人が否定している。

「パーキンソン病の人たちは見るだろ。リハビリの一環として」

　理沙の言葉に剛志が言い訳のように付け加える。

「あんな運動、続けたいと思う？　単純な屈伸運動。ラジオ体操よりひどい」

「一人じゃ続けられないね。どこかの施設で試しにやってみるくらい。効果が出なきゃ、三日でやめる」

「三日で効果が出るはずない。最低、ひと月は必要。絶望的。ハッキリ言って、あれはダンスじゃない。体操でもない」

「じゃ、なんなんだ」

「リハビリじゃないの。単なるストレッチ。ウォーミングアップ。介護士がついて硬直した筋肉をほぐすリハビリの一環」

理沙が自棄《やけ》になったように言う。私たちに返す言葉はなかった。

「内藤さんには内緒にしておこうね。せっかくやる気を出してるのに。かなり残酷な言葉だよね」

「でもそれが現実だ。ラジオ体操も、プロが知恵を絞り時間とお金をかけて、現在の体操ができてる。素人《しろうと》がたまたま思いついた程度のものじゃない。まして、ダンスだなんてね。口が裂けても言えない」

私は言葉を選びながら話した。

「当たってる。普段動かしていない筋肉を動かして、ほぐしているだけ」

考えながら歩いていた理沙が言って、独り言のように続けた。

「それを科学的、医学的に考えて、効率的に作り上げたのがラジオ体操。あらゆる世代向けに国が作った体操。ただし、対象は健常者。だったら、パーキンソン病患者のための体操があってもおかしくないと思ったんだけどね」

「あの運動にリズムを付けて、一人で出来るようにすればいいんじゃないのか」

「それが簡単にできるほど世の中、甘くはないよ」

理沙の言葉に私は頷かざるを得なかった。

二人と別れ、部屋に帰ってからも理沙たちの言葉を考えていた。

どんなダンスがパーキンソン病の患者の自立を維持するのに役立つのか。

パーキンソン病の患者は健常者に比べて大きなハンディを負っている。普通に張り合えば成果は必ず健常者に劣る。だったら、彼らの身体の状態で健常者より優れているところを磨いて伸ばすしかない。それは、何なのか。

体力はどう考えても難しい。

「精神力しかないか」

私は呟いた。

では精神力というのはなんだ。根気良さ、辛抱強さ、少しでも日常を維持したいという気持ち、それらは他人に対する優しさに通じるものかもしれない。そんなことがふっと、私の脳裏をよぎった。

どれも体力などと比べて数値化が難しいものだ。ダンスに精神力を高めるものをミックスする。それは、何なのか。

4

翌日も私たちは内藤さんの家を訪問した。

部屋には篤夫がいた。剛志が連れてきたのだ。篤夫は私を見ても目で合図を送ってきただけだった。

「もう一度、ダンスについて教えて」

理沙が内藤さんに頼んだ。

「ダンスじゃない。体操だ。身体を動かすこと。平均的な人の身体には約二十キロの筋肉がある。そのうち四十パーセントは普段あまり使わない。そうした筋肉を使って、出来るだけ長い期間、歩行や行動が出来るようにする」

内藤さんが自分の足を叩きながら繰り返す。

「さらに大事なのは身体の軸だ。軸さえしっかりしていれば転ぶことはない」

そう言いながらよろめいている。

「たとえ転んでも、ケガは少ない」

慌てて訂正した。

「体操ね。ラジオ体操の要領でいいんですか」

「ハードすぎる。あそこまで動くことの出来るパーキンソン病の患者は多くはいない」

「じゃ、どの程度までが平均ですか」

内藤さんは立ち上がり、私の手を取った。

「あんた、背骨が曲がってる。前から言おうと思ってたんだ。猫背の上に右に傾いてる。これじゃ、ちょっとムリすると肩がこるだろ」

「もう、慣れっこになってます」

「肩こりがひどくなると、頭痛がする、さらにひどくなると吐き気がする。仕事の能率が落ちるだろう。気が滅入ってくる。周囲の人にも影響が出てくる。すべてが悪い方向に進む」

内藤さんが私の右腕を垂直に上げた。

「これは標準的な肩こり解消法だ。テレビではよくやっている。上げた右腕を出来るだけ大きく後ろに回す。大きく円を描くようにね。その時指先を視線で追っていく。やってみて」

私は内藤さんの言葉に従った。

肩甲骨と首の骨がバキバキ鳴るのを感じながら、指先を目で追った。

「あんた、かなりこってる。五回続けてみてくれ。そうじゃない。もっと本気で、俺を信じて」

私は伸び上がるようにして、内藤さんの言葉に従った。

「今度は左腕。同じ動作を繰り返してくれ」

言われた動作を繰り返した。確かに肩が軽くなったような気がする。

「この動作を出来るだけ多く、毎日繰り返す。食事前に最低五回ずつ。かなり肩こりが解消されるはずだ」

内藤は淡々とした口調で話す。

五回繰り返すと、今度は全身が軽くなったような気がする。

「効いたの」

理沙が真面目な顔で聞いてくる。

私は思わず頷いていた。

「今まであまり動かしていない筋肉を動かすんだ。何かの変化は起こるだろうね」

「もっと、前向きに考えろよ。それを含めて体操の効果なんだ」

内藤さんが私の背中をドンと叩いて言う。

「もう一回やってみてよ。スマホで撮ってもいいでしょ。でも、実際に映像を作るときには、二人とももっとましな顔をして、ましなものを着てほしいな」

理沙がスマホを持って、録画しながら私と内藤さんの周りを歩いた。

「体操の撮影って、これだけでいいのか」

「いいわけないでしょ。もっと動きのある、見ていて身体によさそうと思う体操。続けたくなる体操が必要なの」

「継続は力なりか。何ごとも忍耐と努力と継続だ。継続してもらうにはどうすればいいか。

いちばん難しいところだ」

　内藤さんが私の動きを見ながら言った。

「ある作家のエッセイを読んだことがある。彼はスポーツジムに二十年も行ってるんだって。でも、オフロしか入ってない。色んなマシンやプールがあるけど、使ったことはないって」

「馬鹿なやつだな。スポーツジムはひと月一万円以上するだろ」

「一万二千円。年間だと十四万四千円プラス消費税。彼の目的は歩くこと。家から約五キロ。坂道なんで行き帰りに一時間以上。歩数にして、約六千歩。彼はジムが休みの日以外は、雨でも通ってる」

「家に風呂はないのか」

「あるでしょ。夏の日はジムでオフロに入って、汗をかいて帰ってきて、家で水のシャワーを浴びるって書いてたから」

「ますます、バカだね」

「彼曰《いわ》く、人が行動を長く続けるには理由が必要なんだって。彼の場合はもったいない。毎月払うお金がもったいないんで、せっせと通ってる。もし、オフロに入りに行かなきゃ、一歩も外に出ない日が続く。絶対に健康には悪いって」

「習慣には動機が必要ってわけか。おじさんのダンスというか、体操の動機は何なの」

理沙が聞いた。内藤さんは一瞬考え込んだが口を開いた。

「無意識の成果ってところだ。少しでも元の生活が出来るように」

「月謝を取ろう。毎月払ってると、その作家のようにもったいないが勝って参加せざるを得ない」

「まれな例だよ。お金を払ってまで、面倒なことを普通はやらない」

篤夫が独り言のように言う。

「体操に音楽をつけたい。音楽で体操がダンスになる」

理沙が言う。「素材を集めてみてよ。関係ありそうな映像、写真、声、患者の言葉、何でもいい。それらを見て、何ができるか考えてみる。おじさんは、昔、マスコミから取材を受けたことはないの」

「ない。ずっと一人でやってきた」

「じゃ、何か書いたことはないの。新聞や雑誌に。鍼灸院の宣伝でもいい。広告は作らなかったの」

「そんなものない。口コミでけっこう流行《はや》ってたから」

「自分で何か書いたことはないの。専門誌か何かに」

「手紙も書いてない。電話があるだろ」

「ちょっと寂しいね。主役に訴えるものがないというのは」

「内藤さんの生活を紹介するのもいいんじゃないか。日常を」

私は言ってみた。

「おじさんの日常を誰が見たいと思う。私のチャンネル登録者が多いのは、主役が若くて奇麗な女の子だから」

「そうだろうな。俺の日常なんて目を背けたくなるようなものだ。誰だって、出来れば知りたくない」

「でも、同じパーキンソン病の患者にとっては、貴重なモノでしょ。それも重要なこと」

これは当たっている。理沙のユーチューブも日常の覗き見だけじゃないはずだ。プラス何かがあるはずだ。

「内藤さん、動きのポイントとなぜその動作をするのか、書き出してみてよ」

剛志が言う。

「何かいい考えがあるのか」

「分からないよ。でもリハビリは、筋肉と関節が固まるのを防ぐわけでしょ。パーキンソン病の人もまずはそれ。ほぐして、使って、強くする。だったら、一連の動きで出来るようにシステム化すればいいだけの話でしょ」

剛志の考えは、内藤さんの無意識の体操を分析して、筋肉の強化に役立っている動きを研究して、そこに特化した体操を作り上げるということだ。

「目的が違う。それは高齢者の体力維持のためのリハビリだ。パーキンソン病は脳の伝達神経と手足の筋肉の問題だ。内藤さんによれば、彼の体操は体幹の位置と重心を身体におぼえさせる。筋肉の反射というか、無意識のバランス感覚。脳からの指令がなくても、筋肉が反応するように鍛える。世界中の医者が、長年取り組んでるんだ。そんなに簡単なら、もう出来てるはずだ」

私は考えながら言ったが、正しいかどうかまでは分からない。

「でも、内藤さんは速くはないけど、何とか歩いてる。体操がうまくいってるんじゃないの。内藤さんの方法を科学的、医学的に分析して、ポイントをつかんで体操かダンスにすればいい」

剛志が内藤さんを見ながら言う。

「それが難しいんじゃないのか」

「医者や科学者にとってはね。要点を説明して、ダンスの専門家に頼めばいいんじゃないの」

「心当たりはあるのか」

「まかせてよ。そこらの医者より、よほどセンスがある人たち知ってる」

私の問いに理沙が嬉しそうに答える。

「しかし医者の意見は聞いた方がいい。ＤＶＤのコピーは渡してあるから、何か分かったかもしれない」

とりあえず佐藤医師の見解を聞いてみようということになった。


佐藤医師から電話があったのは一時間後だった。

私はスマホをスピーカーにしてテーブルの中央に置いた。

〈整形外科の専門家に見てもらった。やはり、あの映像だけでは内藤さんの運動が、彼の体調に関係あるという結論にはいたらなかった〉

「関係ないとも言えないんですね。被験者を選んで、体操を長期間実際にやってみて結果を見る必要がありますね。新薬の承認と同じですか」

〈それほど厳格じゃないですよ。新薬の承認とは違いますからね。薬害を見つけるのじゃなく、やってみて効果が出るか出ないかです。時間だけはかかりそうですが〉

「じゃ、継続して検証してくれるところを探せばいいんだ」

〈身体の軸がぶれないということは、転びにくいということです。だったら、それを意識して日頃から鍛えていればいい。内藤さんと初めて会ったとき、姿勢のいい人だなと思いました。あの映像から納得できました。身体の軸がしっかりしてる。長年の運動で培われてきたモノでしょう〉

「もっと万人が納得できることはありませんか」

〈軸がぶれない。足のどちらかが畳に吸いついている。これは体重がかかる場所がハッキリしているということだと思います。彼の場合、現役を離れて十年近くもたっていますが、身体の重心をムリなく足に伝えることが出来てる。身体の軸が定まっているからでしょう。だから、安定して立っていられる、と考えることもできます〉

「先生の病院で効果を見ることは出来ませんか」

〈数が少なすぎます。希望者を募っても、手を挙げる人は数人いるかどうか〉

「一人でも二人でも成果さえ出れば――」

〈医学的には使えませんよ。厚生労働省の命令が色々ありましてね〉

「先生の所感はどうですか」

〈運動は勧めています。今のところ、その範囲しかできません。治るとか、改善されるとかいう言葉は使えません。必ず突っ込まれますから〉

「分かりました。また何かあったら教えてください」

電話を切って考え込んだ。このままの体操では世に広めることはムリだ。しかし、内藤さんの演武を見て、彼自身を見ていると、捨てがたい何かがある。

「やっぱりダンスにでも落とし込んで広めるしかないよね」

剛志が誰にともなく聞いた。

「ダンスはムリでも、せめて音楽に合わせたリズム体操だったら、何とかなるかもしれない」

理沙が答える。

「でも、このリハビリをどうやってダンスにするんだよ。リズムや動きなんてない。写真と一緒だ。ほとんど静止してるだけ」

「作ればいい。能や歌舞伎なんて大した動きやリズムなんてないでしょ。でも、日本の伝統芸能だし、ファンもいる。海外の受けもいいし」

「ひどい言い方だ。リズムや動きはあるんだよ。理沙が感じ取ってないだけ」

「とにかく、パーキンソン病に何らかの効用はありそうだから、患者や関係者以外の人が最後まで見ようかなというレベルまで引き上げる。それにはどうしたらいいかを考えるのが先決」

理沙の言葉で全員が黙り込んだ。

「空手の形の演武が元になってるんでしょ。映像を見て考えるしかないね。あとはおじさん自身がどれだけやる気があるか」

「それとも、内藤さん自身に考えてもらうか。そうすべきなんじゃないの。内藤さんが体操のこといちばんよく知ってるんだから」

剛志が内藤さんに向き直った。

「内藤さんの運動、空手の形の演武が基本になってるんだろ。でも演武自体は力強さが表面に出すぎて、優雅さやしなやかさは隠れてる。運動を演武に組み込んだ、滑らかな動きのあるものに作り直してほしいんだ」

「ハッキリ言えよ。あの体操じゃ映像なんて出来ないんだろ。動きだけで優雅さなんてない。動きも、屈伸運動程度の緩慢なものだ。写真数枚に説明付けた方がましってことだろ」

内藤が大声で言う。彼自身、どうしていいか分からないのだ。

「それだけ分かっていれば、何かアドバイスをくださいよ。内藤さんしか出来ないし、動きのキーポイントをいちばんよく知ってるんだから」

剛志が懇願するように言う。

けっきょくその日は、何も結論らしいモノは出ないで解散した。

陽子から電話があったのは、二日後の夜だった。

〈内藤先生、何かあったんですか。昨日は私が行っても、部屋に入れてくれなかったんです。帰れって〉

私は二日前の出来事を話した。陽子は無言で聞いている。

「我々が勝手に進めて内藤さんには迷惑だったのかもしれません」

〈今日、先生に頼まれたんです。スマホで動画を撮ってくれって。一分、二分、五分、十分のもの。十分は無理かもしれないけどって〉

「内藤さんの空手の演武ですか」

〈そう。でも、演武とも違います。先生は昔みたいに動けませんから。スローの太極拳みたいなものかな。いえ、あんなに優雅じゃなくて切れ切れの幼稚園児のお遊戯みたいなものです〉

「内藤さんは他に何か言ってましたか」

〈ただ、申し訳ないが撮ってくれって。いろんな角度で動画を撮って、先生のスマホに送りました〉

「内藤さん、自分で体操を作る気なのかな。彼、動画の編集なんてできるの」

〈一時期、空手の形の映像を編集してましたね。私が長谷川さんに話したこと、内緒にして

くださいⅴ

内藤さんはやる気なのか。電話を切った後、剛志と理沙に連絡しようとしたが、しばらく考えてからやめておいた。

5

さらに二日後、私たちのスマホに動画が送られてきた。内藤さんからだ。陽子の電話の通り、一分、二分、五分、十分の四種類の動画だ。

見終わったとき、理沙から電話があった。私たちは剛志を加え、三人でグループ通話をした。

〈おじさん、素直じゃないね。やっぱり、やりたいんだ〉

〈使える動画はあると思うか〉

〈前よりは良くなってるとは思うけど、せいぜい、一分、二分どまりだね。五分はきつい。十分見る人は、寝たきりで自分でスイッチを切れない人〉

〈せめて五分の動画が見られるといいんだけど。実際に体操しながらなら、我慢して最後まで見るかもしれない〉

〈朝、昼、夜の一日三回として、繰り返すと成果は出るのか。その結果次第だと思う〉

〈もっと見栄えのいい人が音楽に乗ってダンスすると、見るのに堪えられるかもしれない〉
〈プロに見せる必要があるね。どうアレンジできるか〉

理沙の言葉に剛志は何も言わない。彼は空手を含めて運動からは遠い存在だ。小学校、中学校を通して一番つらかった時間は体育の時間だったと言っていた。

相談した結果、内藤さんの考えた動きを医師と介護士、リハビリ担当者に見てもらうことにした。

陽子に佐藤医師に連絡を取ってもらって、陽子を加えて四人で病院に行った。

「確かに合理的な動きを取り上げています。普段使っていない筋肉や関節が鍛えられることは間違いありません」

佐藤医師は映像を見ながら言った。

「順番を変えた方が効果的かもしれません。負担のない動きから、少しずつ負荷をかけていく。さらに、対象者の年齢、身体の状況、介護者の有無によって大きくバージョンが変わってくる。それは、理解していますか」

「我々もそう考えています。だから、各パターンに複数のバージョンを作るつもりです」

「複数というと、どのくらいを考えていますか」

私は即答できなかった。

「具体的にはまだ決めていません。そういうことを含めて、先生方には相談に乗っていただきたいと思っています」

体操の構成案を見ていた佐藤医師が顔を上げた。これは個人的な意見ですが、と前置きして話し始めた。

「この体操があなた方の言うように、システム化されて広がればかなりの成果が出せると思います。パーキンソン病の患者だけじゃなく、その他の入院患者にもです。さらに広まってほしいのは、高齢者に対してです。ラジオ体操と一緒です。音楽を流して自分一人でも出来ます。ユーチューブで見られるというのもいい」

ラジオ体操は昭和三年、「国民保健体操」として、国民の体力向上、健康の保持増進を図る目的で始められた。今では「ラジオ体操」として百年近くも続けられている。

手足や関節、筋肉をまんべんなく動かす全身運動で、運動による全身への刺激は身体の機能を高め、体力を増進させる効果が期待できるとされている。

ただ、問題は——佐藤医師はそう言ってしばらく考えていた。

「こういった、病気を持つ患者さんや高齢者向けの体操、ダンスにはしっかりした安全性が求められるということです。医薬品やリハビリと一緒です。この体操やダンスで体調が悪くなったり、事故が起これば責任問題です。企業や医療関係者が積極的に関わらないのは、そのためです。儲けも薄いですから」

「そういう安全性を確かめるにはどうすればいいんですか」

佐藤医師はまた考え込んだ。

「大学に聞いてみます。引き受けてくれるかもしれません」

老人の健康寿命を一年延ばせれば凄い経済効果です。上手《うま》くいけば政府の補助金がもらえるかもしれません、と付け加えた。


翌日の夕方、佐藤医師から電話があった。

〈数人の先生に相談してみました。大学病院で引き受けてくれるそうです。大学院生の論文テーマに出来るかもしれないと言ってました〉

「至急、第二弾の構成案を送ります」

私は電話を切ると、直ちに理沙たちに伝えた。

ダンスを作ろうという話は、現実味を帯びてきた。

私たちは内藤さんの部屋に集まった。私は仕事帰りに夕方一時間ほど内藤さんたちと会ってから家に帰ることが多くなった。

私がアパートに帰ろうと立ち上がった時、剛志が入ってきた。

剛志が内藤さんの動きを絵コンテにして分析した用紙を差し出した。内藤さんはチラリと見ただけで、受け取ろうともしない。

理沙が用紙を受け取って内藤さんの前に広げる。

「ベストの方法は、これ以上深入りしないこと。やめることだ」

内藤さんが言い残して隣の部屋に入って行った。

「なによ、あの人。人がせっかく、親身になってるのに」

「ああいう性格なんだよ。大目に見てやれよ」

剛志がなだめるように言う。

「陽子さんの話だと、昔はもっと穏やかで物分かりのいい人だったらしい」

「病気は人を変える、か。死を予感して、いい方に変わった人はよくいるらしいんだけどね」

相変わらず理沙の言葉は容赦がない。

次の日の昼、剛志から動画が送られてきた。

棒型アバターが内藤さんの動作と同じように動いている。内藤さんの動作よりは見栄えがいいし、細かい関節の動きがよく分かる。

〈ダンスの振り付けは変えることが出来る。ただし、内藤さんにもっと研究してもらえたら、の話だけど。理沙にも送っておいた。内藤さんには送っていない。文句を言われるのもイヤだし、ファイルを開けるかどうかも分からないから〉

剛志の説明が付いている。

内藤さんの動きを単純な棒型アバターが繰り返している。ただ内藤さんを見ているよりも、このアバターの動きの方が遥かにスムーズで分かりやすい。アバターは色んなキャラクターに変身可能、と書いてある。

スマホの動画を見ていると理沙から電話があった。

〈まずは、実写とアニメ、両方並べてユーチューブに流そう。これに曲をつけてみる〉

それだけ言うと、切れた。

私はリハビリ系のユーチューブチャンネルを検索してみたが、その多さに圧倒されて、すぐに画面を切り替えた。理沙のチャンネルに飛んで、最近のものを見た。前とほとんど変わらない。しかし、若者がコレを見ているのだ。代わり映えしない日常を見て、癒されているのか。あるいは、私には分からない若者を引き付ける何かを持っているのか。考えながら、パソコンの電源を切って、布団にもぐりこんだ。

最近、寝不足の日が続いている。

6

「あんたらで選んでよ」

理沙がスマホをテーブルに置いた。タップすると曲が流れだす。

「三曲作ってきた。アップテンポの曲とスローな曲。それに、その中間ね」

「すごいな。コレって、才能が必要だろ」

剛志が興奮してスマホに顔を近づけた。

「ソフトを作った人にはね。私がしたのは数字を理解して指先を動かしたことくらい。剛志のアバターの動きに合わせて入力しただけ」

理沙は剛志が作ったアバターの動きに合わせて、曲を作ったのだ。曲作りのソフトがあるというが、どれも動きに合わせた軽快な曲だ。動きと曲のリズムが一致している。

「しかし、すごい時代になってるな。これを機械が作ったなんて」

私の感想だった。動画制作や音楽のプロとの仕事に関わったことは何度もあるが、渡された動画や曲がどうやって作られたかは聞いたことがなかった。その商品がいいか悪いかを判断するだけだった。

「プロが聞いたら、突っ込みどころ満載よ。でも、素人の九十五パーセントはごまかせる」

「説明の声はどうするんだ」

「音声合成ソフトがある。文字を打ち込めば読み上げてくれる。男女、年齢、日本語か外国語か。悲しいか楽しいか。その他多数の選択肢がある。少々の声のトーンの違和感は我慢して。意味が分かればいいんだから」

「理沙が読めばいいのに。悪くない声だ」

「私はアナウンサーになる気はない」

理沙が剛志を睨むように見た。


その日、剛志は先に帰った。

ゲーマーの友達とズームでのミーティングがあるという。アメリカ人三人、イギリス人一人、中国人二人、後は知らないと言った。共通の言葉は英語だという。しかしそれは口実で、理沙の曲に触発されて、アニメに手を入れる気になったのだろう。

内藤さんは曲をスマホに取り込むと寝室に入っていった。自分で聞きながら動いてみるのだろう。

私は理沙と二人きりになった。以前からの疑問を口にした。

「なんできみは、内藤さんのダンスにそんなに入れ込むんだ」

理沙は考え込んでいる。

「自分でもよく分からないけど――。なんだか、抜けられない気がして」

「やりたいからじゃないのか。きみなら、他にもっと華やかで楽しいことが色々やれると思うけど、これを選んだ」

「今まで、けっこう自由にやってきたからかな。私が抜けたら、内藤のおじさん、困るでしょ」

「この計画は頓挫《とんざ》だな。私も剛志くんも、SNSなんてまったくダメだから。理沙さん頼みだ」

「私程度のユーチューバーはざらにいるよ。ただ、こういうのには手を出さないだけ。ユーチューブで生活している人もいるからね。みんなけっこうゴーイングマイウェイ」

「何がやりたいんだ。大学に進学してるし、人から見れば羨ましい人生だと思うよ」

「みんな、そう言うけどね。自分では行きがかり上かな。ほしいものは特にないし。というより、持ってるし。将来のことなんて考えてない」

「不思議だな。きみらの年頃は色々、悩みもあるんだろ」

「悩んでる子もいるよ。学校や家のこと。友達関係や成績やお金のことかな。私は今のところ、そういうものクリアしてる」

「悩みなしってことか。贅沢だな」

「みんなにもそう言われる。理沙ちゃんはいいわね。毎日が楽しそうでって」

「私も同じ感想を言いたいね」

「有り難うって答えてる。別にその子たちに世話になってるわけでもないけど」

理沙はまたしばらく考え込んだ。

「私、おじさんほど気の毒な人、身近に知らないからかな。病気で年寄りで一人でしょ。家族もいないみたいだし。三重苦になるのかな。未来なんてないじゃない。だから放っておけないのかな。長谷川さんこそなんで、おじさんに関わるの。自分のことで精一杯って感じなのに」

「私も考えたことがあるんだ。なんでだろって。近付きすぎたからかな。内藤さんがこれ以上、不幸になったら私に責任がある気がしてきた」

理沙が突然笑い出した。

「それ、分かる。私もそう感じることある。なんだかバカみたいだけど」

「まあ、当分はお互いに抜けられないってことか。理由はよく分からないけど」

そのときドアが開くと、内藤さんが出てきた。

「あのダンス、結構きついな。それとも身体の方がますますイカレてきたか」

「怖いこと言わないでよ。ダンス仕上げるの、おじさんが頼りなんだから」

理沙はごく自然に言った。


翌日、仕事が終わってスマホを見ると剛志からメールが来ていた。

帰りに、原宿のコーヒーショップで会えないかという。

私が店に入ると、奥の席で剛志がタブレットに向かっている。

剛志は私に改良を加えたアニメを見せた。動きが音楽にスムーズに乗っている。

「ここで徹夜で直してたのか」

「どこでもできる。友達とのミーティングもやってるしね。ゲーム関係だけど」

剛志はタブレットを指先でなぞった。

「昨夜、家に帰ってないのか。家族が心配するだろ」

「もう、二十歳すぎてるんだ。それにうちは、ボクが一日くらい帰らなくても誰も気づかないと思う」

剛志は何でもないというふうに言う。

「私が心配しているのは、きみがひきこもりだと聞いてたから。ひきこもりというのは、自分の部屋から出てこない奴を言うんだろ」

「予備校へは行ってることになってるんだ。厳密にはもうひきこもりじゃないと思う。このひと月余り、ほぼ毎日出かけてる。ひきこもりが直ったのかな」

「いい加減なもんだな。本当に家族は何も言わないのか」

「出かけてること、知らないんじゃないの。父さんと母さんは昼間仕事だし。夜は二人ともばらばらに帰宅。不倫とかしてるってことはないんだけどね。夫婦仲はいいと思うよ」

「兄さんがいるんだろ」

「大学病院の心臓外科医。大学の近くにマンション借りて住んでる。彼女がいるんじゃないの」

「辛そうな家族だな」

「なんで。みんな不満なく生活してるよ」

剛志は不思議そうな顔で私を見ている。私は慌てた。

「家族一緒に食事をするってことないのか」

「家族で外食ね。あったよ。小学校のころ、もう十年も前になるのか。月に一度は家族でそろって外食もしてたな。そう言えば、外食の習慣がなくなったのはいつからだろう」

剛志は考え込んでいる。

「兄さんが家を出てからかな。家族って、一人欠けると全部のリズムが狂うよね。長谷川さんの家はどうだったの。あっ、ごめんなさい。離婚してたんだ」

言葉が出てこない。家族で食事に行った時期もあったはずだが、思い出せない。

「家族で外食って、せいぜい子どもが中学生までじゃないですか。高校生になると家族なんて疎ましくなるって誰かが言ってた」

「剛志くんの家はそうだったのか」

「うちの外食は兄さんが大学に入学するまでだったような気がする。兄とボクは七歳違いだから、ボクが十歳くらいまでは続いたのかな」

剛志は他人事のように言う。

「長谷川さんの家族はどうだったんです。篤夫くん、いい子じゃないですか。しっかり父親の言うこと聞いてるし」

外面がいいんだという言葉を飲み込んだ。いや、私が篤夫のことを知らなすぎだったのだ。

「実はあまり話したことがないんだ。彼が小学生の頃は、仕事が忙しくて。夕食も一緒に食べるってことはほとんどなかった。気が付くと、彼との間に垣根が出来てたって感じだ」

「どこの家も同じかもしれませんね。世代が違うと垣根が出来るのは当たり前だけど、どんな垣根かってことが重要かも。覗くと中が見える垣根も、隙間があって手が入る垣根もあります。壁のようにがっちりしてて、中も覗けない垣根もね」

家族内の垣根。そういうふうに考えたことはなかった。

「うちは壁かな。中も覗けなかった」

「長谷川さんがそう感じているだけで、篤夫くんは壁をよじ登って覗こうとしていたのかもしれません」

「彼、何か言ってたか」

「何も言ってません。でも、何か言いたそうでした」

「剛志くんはなぜ内藤さんを助けるんだ。予備校があるんだろ」

「もう二年も行きましたよ。教わることは教わってます」

「でも、試験に落ちたんだろ」

言ってからしまったと思ったが、剛志は意外と平気そうだった。いや、平気そうな顔をしているだけかもしれない。

「それを言われるとね。試験中、考え事をしてしまうんです」

「問題を考えてるんだろ。必死で」

「問題以外のことです。ふっと、思いついたことなんか。誰かがワッと叫んで飛び出して行ったら、ここはどうなるだろうか、とか。スマホが鳴り始めて誰の電話が鳴っているか分からなかったりして、とか。そんなことを考え始めると止まらなくなるんです」

私も考えてみたが、たしかに答えなど出そうにない。思考が止まらなくなる。

「両親は知ってるのか。きみのそういうこと」

「知るわけないです。いや、知ってるのかな。落ちても、次はガンバレよって言うだけです」

「ノンビリした家族だな」

経済的に恵まれているからだろう。落ちたら、一年間の予備校代や生活費を含めると、数百万が余計にかかるはずだ。それがさほど気にならない家庭なのだ。

「この先も内藤さんの夢の実現に手を貸すつもりなのか」

「だって、内藤さんを理沙と助けなきゃ。長谷川さんだってそうでしょ」

「私には他に何もないから。しかしきみたち以上のことはやれてない」

「不思議ですよね。内藤さんと関わってると、助けているという気がしないんです。逆に助けられてるという気すらします」

言葉には出せなかったが、私も同じ気持ちだった。

「内藤さんは長谷川さんをいちばん頼りにしてます。歳が近いっていうだけじゃないでしょう。ボクたちだって、長谷川さんがいなければ、何もできません。バラバラになってるようで」

剛志が私を見ながら言う。

理沙にしても剛志にしても、私たちの世代が若い時に持っていた気負いというものがない。私たちは何かをしなければ、という思いに突き動かされてきた。彼らは、すべてを行きがかり上のこととして片付けている。嫌でないことは、とりあえずやる。

自分たちが歩いている道に、たまたま内藤さんがいた。パーキンソン病の彼を助けたい。自分たちの持っている力と技術を使ってやってみよう。そんな感じだ。

7

「動画が出来たらどうするんだ」

「ユーチューブに投稿する。おじさんのこと、広く知ってもらうことが一番」

内藤さんが聞くと、理沙が答える。

「日本中の人がこの動画を見て体操を始めるのか」

「それを確かめる」

「有名なユーチューバーが作る動画なんだろ。ヒット間違いなしか」

内藤さんはそう言って理沙を見た。

「甘いよ。これは私の守備範囲外の動画だから。一から始めることになる。あくまで主役はおじさん」

「俺がユーチューバーになるのか。そんなに簡単なものなのか」

「ユーチューバーって、小学生のいちばんなりたい仕事で一位になったことがあるけど、近頃の小学生って、何考えてるんだろうって思ってしまう」

「それって難しいってことだろ。どのくらい難しいんだ」

私は聞いた。篤夫が中学生の頃、なりたいと言っていたことを思い出したのだ。

「サッカー選手になって、日本代表になる程度の難しさ。才能と根気と運がいる」

「ほとんどの小学生にはムリってことか」

「楽だったら、みんななってるよ。当たれば大きいもの。何の資格もいらないし。好きなことやってるように見えるでしょ」

「じゃ、この動画、どうするつもりだ」

「まずは、ユーチューブにアップしてみる。無料だし」

「サッカーで日本代表になるくらい難しいんだろ」

「それはプロになるってこと。お金を稼げるようになるってこと。アップするだけなら、誰でも出来る」

みんな黙っている。自分の住む世界とはあまりに違いすぎる。

「問題はそれをどうやって、多くの人に見てもらって、登録してもらうか」

「登録ってなんだ」

「動画を作っているユーチューバーの会員になるってことね。会員数と、見てる時間が長くなると、広告が付いて収益化できるようになる。つまり、お金がもらえる」

「いい仕事だね。ゲーマーより簡単そう」

「あんたも頑張れば」

剛志の言葉を理沙が鼻で笑った。

「ＳＮＳでかなりのフォロワーを持ってる人は、それなりの努力してる」

「理沙も努力してるのか」

「してない。ううん、してるのかな。いつも頭のどこかで考えてるってことは、努力してるんだ。こうやれば、みんなは見るかなって。でも、自分が見たいものや、やりたいことと一致してるから、それほど苦痛じゃない。今はね」

「苦痛になったら、やめた方がいい」

私は思わず声を出した。脳裏に元上司の顔がよぎったが、慌ててその影を振り払った。

「なんかあったんだ」

理沙が私を見て言うが、視線をそらした。

「いつか、教えてよ。私、そういうの好きなんだ」

「やめとけよ。悪趣味だ」

「悩みを聞いてあげるって言ってるの」

剛志の言葉をはねのけ、理沙が私を見ている。

翌日の夕方も、私たちは内藤さんの部屋に集まった。

理沙が部屋に入ってくるなりテーブルにパソコンを置いた。

「何をやるんだ」

「市場調査」

理沙がぶっきら棒に答える。

「おじさんの動画をユーチューブにアップしてみる」

「動画って、もうできてるのか」

「昨日、編集してみた。剛志を相手にストレッチしてたでしょ。それを二分にまとめてみた」

「二分は短すぎるだろ。俺のやり方は伝わらない」

内藤さんが覗き込む。

理沙は無視してパソコンを操作した。

低い音楽が流れ始めた。琴と尺八、日本的な曲だ。内藤さんが空手着を着て現れる。陽子から預かったＤＶＤにあったものだ。〈さあ、身体を動かそう〉という深紅のキャッチコピーが浮かび上がる。

短い演武の後、剛志を使ってデモンストレーションをした、ストレッチしている画面が現れる。

「人には普段使ってない筋肉が多くある」「人が動くとき、重要なのは重心だ」「無意識に最適な重心移動ができれば、転ぶ危険は少なくなる」「重心移動が無意識にできればいいんですね」「その通り」

短い言葉のやり取りが入る。

内藤さんが自分でやっている体操が三十秒あまり流れる。

「これで丁度二分」

理沙が動画を止めると様々な意見が飛び交い始めた。

「見てると、けっこう長いな」

「九十九パーセントの人が途中で見るのをやめる」

「トレーニングの内容を知りたい人は最後まで見るだろう。パーキンソン病の患者さんなんか」

「そう考えて編集した。それに、高齢者もね」

「高齢者はユーチューブなんて見ない。パソコンが出来ないから」

「音楽はパソコンで作ったのか。前のとずいぶん違ってる」

「凄く苦労した。日本的で、空手着に合ってるでしょ」

「よくできてると思うよ。内藤さんがいつも言ってる言葉も入ってる。こんなのいつ撮ったんだ」

「スマホ一台あれば、これくらいはできる時代なの。とりあえず、三日間、流してみる。市場調査してみたい」

「宣伝はどうする。何もしなきゃ、誰も見ない」

「パーキンソン病関連のサイトと関係づける。でも思ったほど多くはない。高齢者施設関係にもね。こっちは腐るほどある。とりあえず、流してみる」

パーキンソン病友の会、パーキンソン病支援センター、パーキンソン病サポートネットなど、理沙が読み上げた。

三日後、私たちは内藤さんの部屋に集まった。剛志が篤夫を連れてきていた。

「何回見てもらえたんだ」

内藤さんの言葉に、理沙はパソコンを私たちに向けた。

「三十五回か。悪くないんじゃないの。一週間で十回以下の閲覧数しかない動画もたくさんある」

私は戸惑いながら言ったが、他に言葉が見つからなかったからだ。

「本気で言ってるの。私は友達に見るように頼んだ。両親やおじいさん、おばあさんに見るように伝えてって頼んだ。絶対に役に立つからって」

「俺だって知り合いには電話した。パーキンソン病友の会の人たちにも」

剛志も頷いている。

「それで三十五回。これって、多い数字なの。私たちが頼んだ人をのぞいたら、残りは――」

「言われたから見ただけで、体操した人なんているかどうかも分からないし」

「世の中の人はパーキンソン病の体操なんて、求めてないことがはっきりした」

内藤さんが低いがハッキリした声で言う。

ノックとともにドアが開き、陽子の顔が覗いた。

「みなさん、来てたんですね。先生、体調はどうですか」

「顔見たら分かるだろ。よくないよ。ここに座ってる連中も」

「みなさん、深刻な顔してどうしたんですか。先生のユーチューブ、見ましたよ。すごくよかったです。私もやってみたんです。身体が軽くなった感じです。肩こりにも効きますよね。けっこう身体を動かしてるつもりだけど、使ってない筋肉ってあるんですね。高齢者施設の人にも勧めています」

陽子が一気にしゃべった。

「高齢者施設って何人いるんだ」

「入居者の方は十七人。空き室が一つあるんです」

「いっしょにユーチューブを見たの」

「そうですよ。一日に三回。三日間。今日も体操をしてから、ここに来たんです」

「九回分は陽子さんか」

「どうしたんです。深刻そうな顔をして」

私が視聴回数が三十五回であることを話した。

「ゴメンなさい。私も協力すればよかった。せめてツイートをすべきでした」

「見てくれて、実際に体操をやってくれる人を増やすんだ。いい方法はないか」

私はマウスをクリックした。映像が流れ始める。

「コレって体操なのよね」

　理沙が映像から目を逸らして言った。始まってから三十秒もたっていない。

「理沙が作ったんだろ。キャッチコピーも〈さあ、身体を動かそう〉〈あなたならできる、空手の力〉。たしかに体操というより、リハビリに近いな。これをすることによって、高齢者の健康寿命が飛躍的に延びる」

「見てる人にそんなこと分かるわけないでしょ」

　理沙が剛志に向かって言う。

「でも、実際に内藤さんは――」

「おじさんを知ってる人、誰がいるの。日本人のほぼ百パーセントがおじさんを知らないし、知ってても見る気は起こらない。たとえ、一分の映像でもね」

「たしかにね。ボクだってそう思う」

「じゃ、どうすればいいのよ」

内藤さんは何も言わず、下を向いている。こんなことをして、かえって彼を傷つけたか。

　みんなも黙り込んだ。

「華やかさもない。スピード感もない。面白さもない。珍しい病気のリハビリ法。視聴者はその関係者に限られる」

突然、内藤さんが顔を上げて話し始めた。

「なにも、日本中に広めようって言うんじゃない。パーキンソン病の患者を少しでも助ける体操になればいいと思っただけだ」

「そうだよ。これを大々的に売り出そうなんて思っていない。患者さんの間に広まって、出来る限り自立期間を延ばせればいい」

剛志が内藤さんに続いて言う。

「だからあんたらはダメなんだ」

突然、理沙が大声を上げた。

「パーキンソン病の患者って、日本に十六万人いるんでしょ。アメリカには百万人。その家族を入れれば、その数倍。さらにこの体操は、高齢者にも使えるんでしょ。日本は超高齢社会に突入している。六十五歳以上の高齢者人口は三千六百万人。これからドンドン増えていく。世界も同じ。年代別、あるいは症状によってレベル分けすれば、さらに多くの人が活用できるはず」

「理屈上はね。でも、そんなに関心を持ってくれるかな」

剛志が弱気な声を出した。

「最初の映像の力しだい。情熱と真実を感じさせることが出来るか。どれだけインパクトがあるか。みんな健康で長生きはしたいでしょ。それをどれだけ、訴えることが出来るかよ」

「ＳＤＧｓって知ってるか」

私が聞くと内藤さん以外、全員が手を挙げた。

「俺だって知ってるぞ。あの派手なバッジだろ。政治家や会社の社長がしてる。悪趣味の象徴だ」

「サステイナブル・ディベロップメント・ゴールズ。持続可能な開発のゴール。十七の項目を決めて、その中で個別に具体的な目標を定めてる。企業はそれらの目標を達成する義務がある。うちの高校じゃ授業に入ってた。高校最後の試験範囲に入ってたので全部覚えた」

理沙は十七の項目をすべて暗唱した。

「世界の企業方針になっている。最近じゃ、入試にも出る」

理沙の言葉に続けて剛志が言う。

「内藤さんの体操は、ＳＤＧｓのゴール三番目にあたる。〈すべての人に健康と福祉を〉」

私は驚いていた。篤夫が二人に張り合うように言うと、さらに続けた。

「ゴール二番目にも該当すると思うよ。〈飢餓をゼロに〉。健康寿命を一年延ばして浮いた医療費分のお金で、貧困国に食糧支援ができる」

ＳＤＧｓは国連で採択された、二〇三〇年までに持続可能でより良い世界を目指す国際目標だ。その中には、〈貧困をなくそう〉〈飢餓をゼロに〉〈すべての人に健康と福祉を〉といった十七の項目がある。より良い世界を作るための合言葉にもなっている。今後の企業活動には欠かせない重要なものだ。

「ゴールの一番目、〈貧困をなくそう〉。これにもつながる」

「世界はつながってる、か」

私は思わず呟いていた。

「あのバッジが世界をつなぐものだとはね。そう言えばどことなく品があるものな。俺も勉強が必要だ」

内藤さんが苦笑交じりに言う。

「これから社会は大きく変わる。コロナウイルスの流行で世界の意識が変わった。気候変動問題とともにね」

私はみんなの話を聞きながら、もっと本格的に動画作りに取り組んでもいいと思い始めていた。

第四章　アップステップ

1

一週間後、私たちは内藤さんの部屋に集まることにしていた。

私が内藤さんの部屋に着いたのは、約束の時間より一時間早かった。三十分たって、剛志が篤夫と現れた。時間ちょうどに陽子。十分遅れて理沙が入ってきた。

体操の動画は視聴者数が百を超えたところだ。

「やはり、パーキンソン病対策のためだけじゃ、人は集まらない。どうすればもっと多くの人に参加してもらえるかを考える」

理沙がパソコン画面上に表示されている視聴回数を示しながら、珍しく弱音を吐くように言う。

「それが分かれば、苦労しないいんじゃないの。理沙はどうやって視聴者数を増やしたんだ」

剛志がパソコンを覗き込んだ。

「私の場合、ラッキーだった。自分の好みと、みんなの好みが一致した。自分の日常を撮っただけ。朝起きて、朝食食べて、学校に行って、みんなと話して、昼ごはん食べて、家に帰る。授業を写してくれっていうのもあったけど、それは断った。場所の特定ができそうなのも写していない。ヤバいものは消してある。でも、周りでリーリは私だと知ってる人は多いと思う。みんな黙ってくれてる」

「今どきの若い子は平凡を求めてるってことか。ボクもそうだけど」

「私は一線を越えていない。だから、今の数以上は伸びない」

「男女の数、年齢の分布、住んでる場所、趣味、好み、そういうのって分かるの」

「分からない。アンケート取ってるわけじゃないもの」

「匿名だしな」

「時々、変なのがいる。裸の写真送れ、お風呂入ってるところ流せ、なんてやつ」

「そういうの、どうしてる」

「ムシ。完全ムシね。おかしなのには関わりたくない」

これも今風の若者なのか。

しばらく会話が途切れた。全員がテーブルの真ん中に置かれたパソコンの数字を見ている。

「きみたちはこれからどういうふうにやっていくつもりだ」

私は四人に聞いた。

「決まってるでしょ。おじさんの体操のチャンネルを広めていく」

理沙が顔を上げて言う。

「しかし、あまりうまくいかなかった」

「たしかにそうだったけど、マズかった点を修正して、再チャレンジすればいい」

「同じような結果になると思う。視聴者が一桁、二桁伸びたところで何も起こらない」

私は本音を言った。もっと強い言葉で言うべきだと思ったが、言えなかった。

「そんなのは分かってる。だったら、またトライすればいい。アップステップ。一歩ずつ、一歩ずつ」

「いや、長谷川さんの言うとおりだよ。もっと、論理的に物事を進めたほうがいい。ボクたちにはお金もないし、バックアップしてくれる組織もない」

剛志が遠慮がちに言う。

「論理的に進めるって、どういうことよ」

理沙が私に視線を向けた。

「まず、ユーチューブ。どこが悪かったかを徹底的に検証する。その後、動画を作り直す。

それにはお金がかかるだろ。そのお金をどうやって集めるか。いい動画が出来て、視聴者が増えたらそれをどうするか。ただ流すだけでは意味がない。いずれまた誰も見なくなる。何もしなければね。それをもとにして、どうするかも考えなければならない。それには人もいるだろう。人を雇うにしても、どんな人材を雇い、お金はどうするか。ボランティアは当てにはできない。まずは能力的な問題がある。突然やめられることもあるし、彼らにも生活がある。ちゃんとした対価が必要だ」

「そんなことまで考えてると、何もできない」

理沙が低い声で言う。

「それでも、やりたいんだろ。今のままじゃ、誰も見ない。ボクらがいくら騒いでもね」

みんなの視線が私に集まった。私は内藤さんを見た。

「当事者がやれってこと。おじさんが」

「俺にやれるのは空手の形くらいだ。それも過去形。キレは抜群だったんだ。集会の余興なんかでよくやらされた。周りはシーンとしたよ。昔の話だけど」

今じゃこうだ、と言って立ち上がった。初老の男が身体を小刻みに震わせて立っている。拳を握り締め、胸を張り、背筋は伸びている。

「俺をよく見ろよ。これでキレのある演武ができると思うか。飛んだり跳ねたり、止まったりを、だ」

私は陽子に見せられたDVDを思い出していた。現在の内藤さんからは想像もできない速さ、鋭さ、力強さを感じる動きだった。

「スローなものはないの。今のおじさんにできる体操のようなもの。なにも体操だけが身体を動かすものじゃないでしょ。ポイントさえつかんでいれば。歌でもいいし、ただ歩くだけでもいい。身体を揺らすだけでも、いい運動になるって聞いたことがある。今のおじさんにできるものって何なのよ」

理沙の言葉に内藤さんは考え込んでいる。

「まずは多くの人に知ってもらうこと。世の中にはこんな病気があるってこと。パーキンソン病の実情なんて、ほとんどの人が知らない、症状を見たこともない」

「私は知ってた。モハメド・アリのファンだったんだ。ボクシング、ヘビー級の世界チャンピオンだった。蝶のように舞い、蜂のように刺す。ビデオで見たよ。最後に見たのは一九九六年アトランタオリンピックで聖火の点火役を務めた時だ」

私はジョージ・フォアマンとの試合を思い出していた。ザイールでのタイトルマッチで八ラウンド大逆転で勝利した。

「お年寄りはね。私らもマイケル・J・フォックスは知ってるけどね。〈バック・トゥ・

ザ・フューチャー〉の主役。彼、パーキンソン病なんでしょ。実際に会ったことある患者はおじさんだけ」

理沙が内藤さんに視線を移した。

「俺たちはあんたらより、遥かに大きなハンディを負ってるんだ。あんたらと競い合う気はない。普通にやりあったら勝ち目はない」

内藤さんはあえて過激な言葉を使っている。私たちを挑発するとともに、自分を鼓舞しているのだろう。

「別におじさんと競争する気はないんだけど。競争は嫌いだし」

理沙が言う。

「あれはダンスじゃない。体操だ。それをあんたらがダンス、ダンスと――」

突然、内藤さんが言い放った。

私は内藤さんを見た。理沙と剛志も見ている。

「だが、俺が見てもらいたいのは俺じゃない。俺の体操で、パーキンソン病の患者たちが少しでも――」

「死ぬまで自分でトイレに行けるようにでしょ。でも、あのユーチューブを見てるの百名ほどよ。しかも、体操してるかどうかも分からない」

「ボクはしたよ」

剛志が答える。

「俺を見てみろよ。絶望的だ。町を歩くと、みんな避けて通るか、じろじろ見てる」

内藤さんの声が大きくなった。

「内藤さん、もっと冷静になって。私たちも考えてるんです」

「悪かったよ。俺が言いたいのは、俺たちパーキンソン病の患者は出来ることと出来ないことが明確だってことだ。ダンスなんて、夢のまた夢だ。出来ないことをガンバってもしょうがない。絶望するだけだ。だったら、出来ることを伸ばせばいい」

「出来ることって何なの。出来ないことは分かるけど」

理沙が遠慮なく言う。

「あんたらにも考えてほしいんだ。俺たちパーキンソン病患者の、あんたらに負けないことを」

「おしゃべりじゃ負けないんじゃないの。おじさん、今日、いつもの三倍はしゃべってる」

「それもいいな。でも、いずれしゃべるのもままならなくなる」

一瞬部屋の空気が変わった。内藤さんの現実を突きつけられた感じだ。最初に沈黙を破ったのは理沙だった。

「考えてしゃべってるんでしょ。だったら、頭を使うことは出来てる」

「多分な。しかし、残念なことに俺は大学も出てないし、高校も工業高校だ。電子工学。やったのは空手と鍼灸。頭より身体専門。簿記くらいやっとけばよかった」

「頭と、当分は口ね。歌でも歌うか」

理沙が冗談のように言う。

「それ、いいと思う。レッツ・スィング・ソングス。パーキンソン病の患者が歌う歌か。どれだけうまく歌えるかだね」

「歌は苦手だ。他のは——」

「私、歌唱指導やってくれる先輩を知ってる」

「じゃ、まず歌ってみるか」

内藤さんが気の向かない口調と顔で言う。

「詩でも書いてみてよ。曲は私がつけてあげる」

理沙が答える。

ハッキリした結論は出ないまま、みんなそれぞれ帰っていった。

翌日の午後、〈おじさんが来てほしいって〉と、理沙からメールがあった。

仕事の帰りに内藤さんの家に行くと、剛志、理沙、篤夫が集まっている。内藤さんの思いつめたような顔を見て、全員が笑いをかみ殺していた。

「笑っちゃダメよ。傷つくと思うから」

理沙が私に小声で言う。

「詩でも書いてみてよ」と昨日理沙に言われ、詩を書いたから、聞いてくれと連絡があったのだ。

「俺は死ぬ気で書いたんだ。あんたらが、俺のために頑張ってくれてるのを見て」

内藤さんは色々言い訳した後、立ち上がった。

私たちは、内藤さんを見つめていた。

「タイトル〈震える身体〉」

内藤さんは緊張した面持ちで大きく息を吸い込んだ。

震える腕、震える手
上がらない膝、前に出ない足
焦るのは気持ちばかり
でも、みんなは待ってくれない

ちょっと、立ち止まって振り返ってくれればいいのに
待ってくれとは言わない
みんな自分の生活がある
立ち止まって振り返るだけでいい
でも、今まで自分もそうだった
立ち止まることも、振り返ることも考えなかった
いつも、前ばかり見ていた
病気になって、立ち止まることを知った、振り返ることを知った
考えることも、少しは知った
もっと、立ち止まろう、そして考えよう
もっと、見てみよう、聞いてみよう
新しい何かが見えるかもしれない
違う世界に気づくかもしれない
新しい自分を知るかもしれない
もっと、立ち止まろう、そして、考えよう
次は一歩前へ。アップステップ

なにか、新しいものが生まれるかもしれない

初めはリラックスして笑みを浮かべていた私たちも、次第に真剣な表情になっていた。

内藤さんは何度もつまりながら、たどたどしく読み上げた。読み終わって、目を閉じて下を向いた。

「よし、私が明日までに曲を付ける」

理沙が威勢よく声を上げた。

「その曲をどうするんだ。ネットに流すのか」

「もちろん。タイトルは、〈あるパーキンソン病患者の詩〉。名前は出さない」

「社会的に意義のあることだと思うよ。反響は分からないけど」

篤夫の言葉に剛志と理沙も頷いている。

2

帰りに、私は理沙と剛志、篤夫を誘ってコーヒーショップに入った。

「ユーチューブを見てる人は何を求めているんだ」

私は理沙に聞いた。

「それが分かればみんなユーチューバーになってる。おじさんの下手《へた》なダンスでないことは確か」

「非日常じゃないか。自分たちの生活外のモノ。自分たちの日常では見られないモノ」

私は考えていたことを言った。

「ケバイお姉ちゃんの日常も、他の人にとっては非日常ってわけか」

理沙が自虐的に言う。

「理沙さんはそれだけじゃない。一般の人にはない、何かを持っている。私はそう思ってる。内藤さんの日常も我々にとっては非日常だと思う」

「おじさんのことをもっと社会に知らせることが必要ってわけね。こういう人が、こういう体操をやって、今も歩けてる。まず、おじさんを売り出せってこと」

理沙が私を見ている。

「やはり、おじさんを晒《さら》すか」

私は頷くしかなかった。剛志が何のことだと聞いてくる。

「おじさんを前面に押し出すのよ。歌ってしゃべってもらう」

「ヤバいんじゃないか。可哀そうだよ」

剛志が声を潜めた。篤夫が頷いている。

「不自由な身体を見せつけるってことだろ」

「それもおじさんの個性として捉えればいい。パラリンピック見たでしょ。自分の身体的ハンディを公にする。ハンディをマイナスとは捉えない。個性として捉えてる」

「勇気がいるよ、内藤さんたちの世代には。ボクらの世代だって同じだけど」

「隠したってしょうがないでしょ。ないものはないし、震えるものは震えるんだから」

理沙が同意を求めるように私を見た。

「私の一存では決められない。内藤さん自身の問題だから。パーキンソン病の人たちの間でも問題を引き起こすだろうね」

「世間には隠してる人も多いものね。気持ちは分かるけど、それじゃ何も変わらない」

理沙が再度私を見て言った。

「長谷川さん、何か考えてることあるでしょ。もと大手広告代理店の社員だったんだから」

「こんなプロジェクトは初めてだ。私にだってどうしていいか分からない」

私はウソを言った。このプロジェクトが始まってから、何度か私ならこうすると考えたことがある。広告は理論であり、戦略だと学んできた。しかし、最近は外れることも多い。剛志や理沙を見ていると、理論を超えた何かがあるような気がしてくる。

「私は今まで感覚だけでやってきた。自分がやりたいことと、他人が望んでいることがほぼ同じだった。だからソコソコ成功してる。でも、おじさんの場合は私にも分からない。多分、長谷川さんの領域」

理沙が私を見ている。今がチャンスだと、その目は言っている。

「やってみてもいいが、内藤さんの協力がいる。それに――」

私は言葉を選びながら話した。広告はモノを売るための究極のツール。目立たせなければならない。目立たせるためには、突出したものがなければならない。美しさ、鋭さ、激しさ、普通よりも何倍も突出したものでなければならない。だが、その逆もある。内藤さんの場合は――。

「やはり本人が出なきゃダメだ。いくら周りで騒いでも、他の人は何も感じない。リアリティがない。しかし、内藤さんの詩には誰もが感動する。内藤さんの心の叫びが表れているからだ。本当に内藤さんが何かを訴えたかったら、内藤さんが実際にカメラの前に立って、生の姿、生の声で訴えなきゃダメだ」

私はみんなに向かって話した。これが私の結論だ。

「じゃ、決まりだ」

理沙が勢いよく言った。

早い方がいいということで、私たちは内藤さんの部屋に引き返して話した。

内藤さんは無言で聞いている。発症してから八年余り、色んな葛藤があったのだろう。特に彼のように人前で身体を動かす仕事では、身体の不調を隠すことはできない。無理に仕事を続けると、事故につながる可能性が高い。

「俺はいいよ。どこにでも出るよ」

内藤さんがぽつりと言った。

「どうせ、家族もいないし、親しく付き合ってる親戚もいない。俺のこと、知っててくれるのはあんたたちだけだ。誰も文句は言わない」

そう言ってしばらく考えていた。

「問題はパーキンソン病友の会だな。彼らの中には、ムリしてまで自分の病気を世間に言うことはないと、考えている人も多い。彼らをどう説得するかだ」

「説得なんているの」

理沙が聞いた。

「そりゃ、いるだろ。俺だけの問題じゃなくなるもの。彼らの中には親戚にも隠している人が多い。俺個人としては、パーキンソン病にスポットが当たるってことは嬉しいけど。嫌がるやつもいる」

「でも、おじさんはいいんでしょ。だったら、やろう」

理沙が内藤さんの肩を叩いた。

私は内藤さんの部屋に複数のカメラをセットした。

「こんなことまでしなきゃならないのか」

「イヤなら今のうちです。始まったら、後へは戻れません」

「いいよ、やってくれ」

内藤さんは腹を決めたように言う。

部屋にセットしたカメラは三台。リビング、ダイニング、玄関など、朝起きて、食事をしてくつろぐ場所はほぼカバーできている。内藤さんの生活の主要部分は撮影できる。カメラのセッティングとユーチューブに流す動画の編集は剛志と篤夫が受け持つことになった。篤夫と剛志は三歳違いだが、最近は二人一緒にやってくる。お互いに連絡を取り合っているらしい。

「内藤真輔の一日だ。人は覗き趣味の塊というわけだ。パーキンソン病の男のナマの生活には興味を持つだろう」

「その言い方、かなり自虐的」

　理沙が言う。

「理沙だって、自分の生活を切り売りしてる」

「自分の生活じゃない。リーリの生活」

「言い訳にすぎない。そうして、自分をごまかしてる」

　剛志の言葉に理沙は答えない。

「最初に、内藤さんが詩の朗読をする。歌じゃない。詩だ。それをバックに流して、パーキンソン病患者の一日が始まる。毎日一分か二分の動画にまとめる」

　内藤さんは何も言わず私の言葉を聞いている。

「内藤さんは普通の生活をしてください。カメラは気にしないで」

「ムリだろ。気にするなって言われても」

「だったらカメラに、つまり視聴者に手を振るぐらいは大丈夫です」

　私たちは一日の終わりにカメラのSDカードを回収して、新しいのに替える。

　剛志と篤夫が映像を取り出し、音楽を入れながら編集する。数分の動画だ。他人の生活を五分も見たい人はよほどの変人か暇人だろう。

「最初の十秒、二十秒が大事らしい。それで飽きられると切られる」

「ユーチューブにチャンネル収益化を申請するには、チャンネル登録者千人以上、過去十二か月の総再生時間四千時間以上という基準をクリアしなければならない。そうすれば、収益のあるユーチューバーになれる」

「ハードル、メチャメチャ高そう。理沙さんはそれを遥かにクリアしてるってことだね」

篤夫が言う。

「俺はプロのユーチューバーを目指してるんじゃない」

「目指してください。影響力のある人になればいい。パーキンソン病に関して」

私は内藤さんを煽《あお》る言い方をした。病気を利用すればいい。今の内藤さんには、人と違うのはそれしかないのだから。

「ただ動画をアップすればいいんじゃない。前と同じになるだけだ。色んな仕掛けが必要だ」

私は全員に聞こえるように言いながら、タブレットを操作して、昨夜作ったパワーポイントファイルを開いた。

「ユーチューブには自分が見せたいモノをアップするんじゃない。視聴者の身になって、見たいモノを作り、アップするんだ。内藤さんがただ歩いてるところではなく、転んだところ。ただ食べたり飲んだりしているところではなく、こぼしたり、飲むのに四苦八苦しているところ」

「おじさん、それでいいの」

理沙の言葉に内藤さんは頷く。

「音声や文字はどうするの」

「音声は内藤さんのうめき声や呟き。食べ方や歩き方の説明をしてもいい。内藤さんの言葉でだ。音楽はなし。その方がリアリティがある」

「なんだか、ＳＭの世界」

「そうしたいんだ」

私は言い切った。会社員時代の世界が蘇ってくる。思わず篤夫を見たが特別気にしている風でもない。

「一週間の視聴者数を見て、まったく伸びなければ中止。ダラダラやっても無駄だから」

私が同意を求めるように内藤さんを見ると、何も言わず頷く。

３

最初の三日間でチャンネル登録者数が二百を超えた。

「パーキンソン病」「奇跡の復活」「ペンギン歩きからの脱出」のワードから、入ってくる人たちだろう。この調子でいけばいいと思い始めた矢先、伸びは止まった。

「何が原因なの」

「関係者たちに一巡したんだ。彼らは周りの人にも宣伝してくれた。それでチャンネル登録が鈍化した」

私は推測を交えて話した。おそらく当たっている。

「ほとんどの人が拡散なんてしていない。私のチャンネルはSNSのシェアで広がってる」

理沙が納得したように頷く。

「内藤さんの映像は拡散したり、人に話したい内容じゃないということだ」

ある意味、悲惨さを秘めた映像だ。死にはしないが、治るどころか、徐々に身体の自由が奪われていく。人に話したくはならない。むしろその逆だ。

「パラリンピックは障害の克服、障害も個性。そういうことで認知されている。内藤さんのチャンネルが伸びないのは何でだろうね」

「患者の数が少ないことと、パーキンソン病で死ぬことはないと言われてるからじゃない。だから大して悲惨な病気じゃないと思われてる」

「それは違う。俺の友達は首を吊った。パーキンソン病が彼を殺した」

内藤さんが私たちを睨むように見ながら言う。誰も反論しない。

「公にならないだけで、まだまだいるんじゃないか、自殺者は。俺だって――」

突然、黙り込んだ。自殺を考えた、そう言いたかったのだろう。

五日目、登録者千人あまり。数日で千人を超すのは凄い伸びには違いないが、期待したほどではない。一日の閲覧数は三桁がやっとだ。やはり世間の目はパーキンソン病には向かないのかと思い始めた。

「日本国内でパーキンソン病に関心のある者はこの程度ということか」

「ネットが使えて、ユーチューブを見てる人の中では、ということ」

理沙が内藤さんを慰めるように言う。

二日ほど横ばいが続き、その後は下降していった。


二週目に入った初日、理沙から電話があった。

「視聴数を見て」

それだけ言うと電話は切れた。

私はパソコンを立ち上げて内藤さんのユーチューブチャンネルを見た。

昨日の時点で一万二千八百七十九回の視聴回数があった。その数が急激に増えている。見ている間にも視聴回数は増え続け、十万を超えた。

夕方、私たちは内藤さんの部屋に集まった。

剛志が、テーブルにタブレットを置いて、現在のチャンネル登録者数と視聴回数を内藤さんに説明している。登録者数二千四百六十八、視聴回数十二万七百三十三。話している最中にも数字は増えていく。

「なぜだ。昨日までは低迷してたのに」

「みんなおじさんと体操の良さに気が付いたんじゃないの」

私は剛志を見た。

「何かがあったんだ。調べてくれないか」

私が言う前に、剛志はタブレットで調べ始めた。

「ツイッターに、ヘンなおっさんの日常が面白い、っていうのがある。アカウント名〈よっちゃん〉。彼のフォロワーが五十三万人。バズリは彼のツイートから始まっているんでしょ。〈#ヘンなおっさん〉というのもある」

「ヘンなおっさんというのは、俺のことなのか」

内藤さんが聞いてくる。

「そうなんじゃないの。出演者、おじさん一人だもの」

「パーキンソン病って単語が出てくるツイートはない。いや、一つある。〈私の親戚にも一人いる。パーキンソン病〉」

書き込みを見ていた剛志が言う。

動画へのコメントは二十件近く入っている。「ガンバレ、おっさん」「ああは、なりたくない、どうすればいいんだ」「父親を思い出します」「この人、本気なの。演技じゃないよね」

パーキンソン病の患者とは見ていない。ヘンなおっさんなのだ。

拡散は続いている。これがSNSなのかもしれない。何が影響するか分からない。ツイートがツイートを呼び、十倍、百倍、千倍と膨れ上がっていく。

「一人のツイートが生んだ結果か。フシギなツールだ」

私は驚きを込めて言った。誰かのひと言で数時間のうちに、一万人以上の人が一つの動画を見ている。ひと昔前までは考えられないツールだ。

「これで、いったい何が起こるというんだ。ネット上で騒いでいるだけで、実際には何も起こっていない。彼らのうち何人が実際に体操をやるんだ」

「まだまだ数が少ないんじゃないか。何かを起こそうと思うなら、この十倍、二十倍、いやそれ以上の数が必要なんだろう」

「次の動画が勝負ね。この人たち、二、三日はおじさんの動画をチェックすると思う。次でヒットすれば、またその次につながる。ダメなら、終わり。一発屋でジ・エンド」

理沙の言葉には説得力がある。

「次、どうしよう」

剛志が私を見ている。

「内藤さんが歌っているのを流す。内藤さんが書いた詩に理沙さんが曲を付けたものだ。ふざけて撮ったのがあっただろう。ジェスチャー混じりの映像」

内藤さんが震える手にマイク代わりのスプーンを持って、歌っている映像だ。これをユーモアと取るか、悲惨と取るか。私には分からなかった。それに、この動画くらいしか思い浮かばなかったのだ。

「二分のが三本ある。今日中に一分に編集して流す」

剛志は言い残すと帰っていった。

翌日、歌の動画は視聴回数を伸ばしていった。

「歌は下手だけど、感情がこもってる」「私も一歩が踏み出せなくて、身体が固まってしまうことがある。病気じゃなくても」「おっさん、ガンバレ」「これ、ＣＤにしようぜ」

書き込みも増えていた。

私の考えは正しかった。視聴者が求めているのは、内藤さんの必死な姿だ。虚飾のない生の姿を見たがっている。それが単なる興味か、同情か、感動か、もっと他の理由からかは分からなかった。だがそこには、嘘のない現実がある。

試行錯誤の一週間だった。最終的に視聴回数三十万五千九百六十二回、チャンネル登録者数三千五百九十八人になった。理沙に言わせれば驚異的な伸び率らしい。

「これがひと月続けばユーチューバーね。プロの申請をして、広告が取れれば、大卒の初任給くらいは稼げる。ただし、これを毎日続けるだけじゃ、すぐに飽きられる。視聴回数は減っていく。何か新しいものを加えなきゃ。かなりドライな世界」

「確かに、俺みたいなおっさんの生活見て、どこが面白いんだって世界だよな。俺にも分からんよ」

内藤さん自身も認めている。

私は連日アップされる動画と視聴回数を比較して、出来る限り分析をした。様々なことが分かった。パーキンソン病を前面に出すと、視聴回数は一桁以上落ちる。一分の解説を入れると、さらに一桁の下落。

逆に内藤さんの過去の空手をしている姿と現在の姿を比較した動画は、最後まで見ている人が多い。

内藤さんには様々な要求を出した。派手な服と地味な服を使い分けること。動作を出来るだけ大きくして、転ぶ時も派手に。食べるものも色んなものを。インスタントラーメン、餃子、ステーキ……。スプーンを使ってもいいが、時には箸を。視聴者を常に驚かせること。様々なことを想像させ、考えさせてほしい。

「俺はいやだ、そんなのやらせじゃないか。恥はかいてもいい。だがそこまでして、視聴者を増やしたくはない」

確かにその通りだ。私は謝った。

視聴回数は最初ほど大きくは動かなかったが、徐々に伸びていった。

4

ひと月ほどたった時、内藤さんが改まった顔で私たちに言った。

「そろそろ、本格的な体操を入れてくれないか。こんなことやってても何の意味もない」

「私もそう思っていました。でも、どれをどんな形で入れるか、じっくり考えた方がいい」

動画のアップ回数を週一回から二回へと少しずつ増やしていく。いつの間にか日課になっていればいい。だがここで失敗すれば、今までの苦労は水の泡になる。

全員で半日かけて話し合ったが、これまでに撮ってあった体操の動画はボツになった。体操を始める内藤さんの顔は、あまりに「さあ、やるぞ」という意気込みが強すぎるのだ。

内藤さんの生活の中に体操の要素をさりげなく入れることにした。内藤さんは片手で手すりをつかみ、中腰のスタイルで一分間静止している。そして、ひと言、付け加える。「このスタイルで、テレビを見ながら五分間。これで、足腰が強くなる」

理沙の指示で急遽、撮影に取り掛かった。

内藤さんは両腕を広げて、中腰になっている。しかし、十秒もしないうちによろめいて倒れた。テーブルの足にしがみついて立ち上がる。

「はい、カット」

剛志が言う。

こうした動画を流し始めて、さらにチャンネル登録者数と閲覧数は増えた。視聴者が内藤さんの失敗を期待して見ているのか、実際に体操をするために見ているのか、分からなかった。内藤さん自身は最後まで体操をやり抜こうと頑張っているが、必ずどこかで失敗するのだ。失敗を挽回しようと焦ると、さらに失敗が続く。おまけに、剛志も失敗を強調するような構成の映像を作って流している。

内藤さんが会って話したいことがあるという。

私が部屋に行くと内藤さんが深刻そうな顔で座っている。その前には剛志と理沙もいた。

「体操のまともな映像を作れないか。初めに作ろうとしてたようなモノだ」

「でも、失敗したでしょ。視聴者はほぼ関係者だけで五十人いなかった」

理沙が説得口調で言う。

「状況が違うだろ。今ならもっと多くの人が見て、影響は大きいと思う」

内藤さんに関心を持つ者は増えた。最初に作った動画より視聴者は多少増えるだろう。しかし、私はまだ不安だった。せっかくここまで、視聴者を増やしてきたのだ。なんとしても減らしたくはない。

「俺の体操を最後まで見て、正しく理解して、その人の動きが少しでもよくなるものを作りたい」

「私も次はそうしたいと思っていました」

内藤さんの顔にホッとした表情が読み取れた。

「でも、今までの体操やダンスでは難しいと思います。今度はクオリティが必要です」

「クオリティって、前のだって剛志や理沙が頑張って作ってくれた。あれはダメだって言うのか」

「ダメだと言ってはいません。あれも、友の会やいくつかの高齢者施設では使ってくれています。でも、それだけです」

「ダメだと思ってるんでしょ、長谷川さんは。ハッキリ言ってよ」

下を向いていた理沙が顔を上げた。

「次は誰が見てもやってみたくなるようなモノでなきゃダメです。見てるだけで楽しくなるようなもの。一緒に踊りたくなるようなものです」

「俺が身体を動かしてるだけじゃダメってことか」

「そうです」

私は言い切った。

「プロに頼むと金がかかるよな。どのくらい必要なんだ。あんたなら分かるだろ」

「ピンキリです。でも、そんなに入れ込まなくてもいいんじゃないですか」

「あんたには、分からんよ。俺の気持ちは」

寂しそうな口調だ。

内藤さんが私たちに姿勢を正し、改まった表情で語り始めた。

「金は嫌いじゃないよ。ユーチューバー、こんな商売があるって知ってたら頑張ったと思う。ただし八年前、病気が発症する前ならな。いまは生活していけるだけの金があれば十分だ。

それより、何か意義のあることがやりたいんだ。自分の存在を社会に認めてもらいたい。俺は社会のお荷物じゃないぞって」

理沙も剛志も無言で聞いている。

「おじさんの気持ちは分かるけど、せっかくここまで伸びてたものをぶち壊すことになるかもしれない」

内藤さんが話し終わり、長い沈黙の後、理沙が言った。

私が理沙に続けて話した。

「内藤さんの視聴者は若い人が多いんです。この体操を見てるんじゃない。内藤さんの失敗を見てるんです。電車の中、誰かを待ちながら、レジの長い列に並んでいるとき、病院で名前を呼ばれるのを待っているとき――」

「ひまつぶし。俺が転がって、もがいているのを見て楽しんでるわけか」

「そうじゃなくて、必死な姿を見て感動してるんです。そして体操を真似しているのかもしれない」

私は必死で話した。言い訳じみているが、半分は本気だった。しかし、これで視聴者が増えていることは事実だ。

ユーチューブを見る目的は、今まで知らなかった過激な映像、猫や犬、赤ちゃんの可愛い映像、癒されたいと思う映像、笑える映像だ。内藤さんの動画は、笑える映像だと思っていた。しかし、面白いばかりではないのかもしれない。必死で起き上がろうとする内藤さんの姿に勇気づけられ、感動している若い人もいるかもしれない。

「あんたらには分からないだろうな。俺みたいな者の気持ちは」

私には半分くらい分かった。内藤さんほど切実でないとしても、会社を辞めてからずっと、心の隅に引っかかっていたことだ。私なりに悩み苦しんできた。

「俺一人じゃ、何もできないからあんたらに頼んでる」

内藤さんは立ち上がり、右手をテーブルに置いて身体を支えながら、深々と頭を下げた。

帰りに私たちはコーヒーショップに入った。

「ダンスはどこまで出来ている」

私は理沙と剛志に聞いた。

「まだ三パターン。一つはパーキンソン病の患者用。これも、何パターンかいるんでしょ。出来てるのは内藤さんレベルの初期患者用パターン。もう一つは、清美さんレベルの人用」

戸塚清美は、以前は杖を突いて家の近くの公園までは出かけることが出来た。しかし、ここ二年余りで急激に体力が落ちて、ほとんど家のベッドから出なくなった。行動が限られてくると、ますます体力が落ちる。完全な悪循環に陥っていた。それを内藤さんが連れ出すようになって、今では笑みも見せるようになっている。

「清美さんって、ほぼ寝たきりの人でしょ。彼女に体操なんてできるの」

「彼女の目標はイスに座ること。内藤さんが手助けして車椅子に座ることができるようになった。今じゃ出かけることもできる」

「おじさん、清美さんを好きなんじゃないの」

「ボクもそう思う。でも、内藤さんに言うんじゃないぞ。恥ずかしがって怒り出す」

「からかっちゃダメだぞ。温かく見守るんだ」

私は理沙に念を押した。

「キーはおじさんにありか。ダンスはムリだとしても、おじさんと清美さんのデュエットという手もある」

理沙が嬉しそうに言う。

5

男の目は理沙に張り付いている。

「本当にきみがあの〈リーリズ・ルーム〉をやってるの」

「そうだと言ってるでしょ」

理沙がうんざりした口調で答える。もう三度目だ。

「健康週報」編集部の片隅のソファーで、私、内藤さん、理沙、剛志は中年の男性編集長と二十代に見える女性記者と向き合って座っていた。

「健康週報」は発行部数六万部。週刊誌で健康に関する情報を全国に広めている。その雑誌社の記者に、理沙が電話をしたのだ。編集長の鈴木《すずき》は理沙のユーチューブのチャンネル登録者だという。

「信じられないね。あのマスクとサングラス、何とか外せないかな。外すと視聴回数十倍になるよ」

「ダメだって言ってるでしょ。それより、今日はこの話で来たんです」

理沙はユーチューブ、『あるパーキンソン病患者の詩』の説明書を鈴木の前に押し出した。

内藤さんのユーチューブの記事を書いてもらおうと思ってやって来たのだ。

「で、趣旨をもう一度話してくれないか」

「メールで送ったでしょ。ユーチューブのURLも。見てないんですか」

「見たよ。でも、忙しくってね」

鈴木は視線を理沙から私に向けた。

「パーキンソン病患者の一日を紹介するものです。同時に、患者さん用の体操の動画もついてます。運動不足になりがちな患者さんのための体操です」

私は言葉に注意しながら話した。あくまで健康維持の体操で、治療するとか進行を遅らせるという言葉は使えない。

「パーキンソン病について知ってもらって、内藤さんがやっている体操を広く世間に広めようという動画です。そのことを記事に書いてくれるようにお願いに参りました」

「日本のパーキンソン病の患者数は十六万人ですね」

渡した資料を見ながら鈴木が言う。

「関係者を入れるとその数倍はいます」

「もう一桁ほしいですね。正直に言うと、一般の人の関心は低いということです」

「関心を持ってもらうために、取材を頼んでいるんです。記事を読めば関心を持つ人も増えます」

理沙が横から口を出した。私はさり気なく理沙を制した。

「誰もがそう言って、記事を頼みに来ます。我々も応じたいがすべてを記事にすることは不可能です」

「パーキンソン病は記事から漏れるということですか」

「視聴回数三十五万回以上、チャンネル登録者四千人以上。誇れる数字ですが、素人にしてはです。今後、何をするつもりですか」

鈴木が資料から顔を上げて私を見た。

「さらに体操の動画を作って、ユーチューブとDVDで広めていくつもりです」

「動画はまだ出来ていないということですね」

「一部だけです。秋までにはすべて完成させる予定です」

「紹介するのは、その時ではどうでしょ。すべての動画の完成時に記事にする。その方が反響があります」

「じゃ、今は記事にしてくれないの」

理沙が身体を乗り出す。

「あなたたち、これを日本中に広げ、世界に広げるって、本気でそう考えてるの」

鈴木の口調が変わった。持っていた資料を投げ出すようにテーブルに置く。

「出来るだけ多くのパーキンソン病の患者さんに見てもらいたいんです」

「それ自体は問題ない。すごくいいことだと思う。だから私はお会いした。記事に書かせたいなら、実績を作ることだね。DVDを作って、地道に配って歩くんですね。少しずつでも、広まるかもしれない。運がよければ」

鈴木は私たち一人一人を見ながら言う。

「広まればもっと知りたいという声が上がる。その時、私たちは記事を書く」

よいものを広めることもマスコミの役目でしょ。口元まで出かかった言葉を呑み込んだ。ここで言っても、反発を招くだけだ。

鈴木はこれで終わりというように、私から理沙に視線を移した。

しつこくマスクとサングラスを外した動画をアップするよう言ったが、理沙は取り合おうとしない。

内藤さんが鈴木を睨むように見て立ち上がろうとした。両手でテーブルの端をつかんではいたが大きくよろめく。理沙と剛志がその身体を支えた。

「適当にあしらわれたね。やっぱり、まだメディアはハードルが高すぎる」

地下鉄の駅へ歩きながら私は言った。

「あの記者がパーキンソン病に興味がないだけ。記事なんて書きようでどうにでもなる。ユーチューブと同じ。週刊誌なんかに宣伝を頼もうとしたのが、そもそもの間違い」

理沙が自棄になったように言う。

「新聞やテレビはもっとハードルが高いよ。メディア以外にも発信ツールはあるだろう」

「SNSか。ボクたちは素人だし。理沙はプロだけど」

「今の時代、素人もプロもないでしょ。バズった方が勝ち。いかにより多くの視聴者の目に触れたかで、勝ち負けが決まるの。負ける側には入りたくないでしょ」

「悪いな。俺のために余計な時間と気を使わせて」

内藤さんが申し訳なさそうに言う。

「おじさんは気にしないで。好きでやってるんだから。イヤなら、私たちも関わったりしないよ」

そうでしょ、と理沙が納得を求める視線を私と剛志に送ってくる。

剛志が慌てて頷いた。

「内藤さんがいちばん大変なんだ。ボクらのことは気にする必要はないよ」

「俺のことこそ気にしなくていいよ。腹をくった。頭だって下げるし、何言われても笑ってる。なんでもやる。どうせ、失うものは何もないんだから」

「そういう言い方、好きじゃない。みんなで楽しもうよ。イヤじゃないからやってるんでしょ。それが一番」

理沙は明るく言って私を見たが、私は答えなかった。このままでは何も生まれない、ということは漠然と分かっていた。今までの経験からだ。

彼らのエネルギー、発想力、実行力は素晴らしい。しかし、足りないモノも多い。経験もその一つだ。


私たちは内藤さんの家に戻った。

「この動画を百倍の人が見るように手直しするって、どうすればいいんだ」

剛志が理沙に問いかける。

「こんな動画は作ったことないって言ったでしょ。私の動画は目的なんてない。ただ、日常をスマホで撮って、感じるままをしゃべってるだけ。この動画はそうじゃないでしょ。目的がある」

理沙はしゃべりながら考えている。このチャンネルのどこが悪いのか、目的を伝えるためには、人に見せるためには、これ以上人に広めるためには……。

「根本的に考え直す必要がある。三日待ってよ。ゆっくり考えてみる」

理沙はタブレットをデイパックに入れると、立ち上がった。

「三日後のこの時間に集まることが出来る？」

三人を見回した。

「ボクは問題ない」

剛志の言葉に私と内藤さんも頷いた。

じゃ、と言って、理沙は出て行った。

その時から、理沙のスマホは電源が切られていた。


その日の夜、私はパソコンに向かった。

ダンス、体操、リハビリ、パーキンソン病……と様々なワードを入れて検索していった。頭の中にバラバラに散らばっていた事項がいくつかはくっつき、離れていく。そういう思考を繰り返しているうちに、一つの流れが見えてくる。しかしそれはまだ曲がりくねった細い流れにすぎない。

自分を取り巻く環境が思わぬ方向に進んでいる。初めはパーキンソン病の内藤という一人の男の手助けになればと思った。同じ思いの若者が二人いた。彼らは私の知らない若者たちだった。

私が彼らの歳には、勉強とアルバイトに明け暮れていた。もちろん、彼らとは時代や育った環境はまったく違っていた。彼らの方が恵まれている。多くのＩＣＴデバイスとソフトに囲まれ、通信や意思表現の手段は遥かに便利になっている。しかし、それだけでは片付けられない何かがある。それは何なのか。世代の違いだけでもない。確かなことは、彼らの価値観は私とは違っているということだ。それは彼らも感じているだろうが、彼らにとってはそんなことはどうでもいいのだ。

「これからどうしよう」

自然と口から出た。

彼らはやる気はあるが、社会の仕組みを知らない。彼らなら、壁に当たればそれを突き破るエネルギーは持っている気はする。しかし、強引なやり方では時間もかかるし、余計な労力を使うことにもなる。

私には彼らほどの突破力はないが、二十年近くサラリーマンとして勤めてきた知識と経験がある。これは彼らにはないものだ。

テレビの下の引き出しを開けて預金通帳を出した。どうしても必要になった時のためにと、五十万円の貯金がある。生活を切り詰めれば三か月は生きていくことが出来る。時々アルバイトをすれば、さらにひと月。

「彼らに付き合うか。いや、内藤さんの夢を叶える手伝いをするか」

声に出して言ってみると、当然という気がしてくる。

私はパソコンを閉じて布団に横になった。

6

三日後、理沙の呼び出しに応じて、私たちは内藤さんの部屋に集まった。

理沙は疲れているように見える。週刊誌の鈴木編集長に会った日以来、自宅の部屋に籠って体操のユーチューブを見ていたという。彼女なりに真剣に取り組んでいるのだ。

「ヤッパリあの体操のユーチューブ動画はクソだった。パーキンソン病の患者のため、って狭義に考えてたから、誰も見る気にならなかったんだ。自分には関係ないって人が大多数だもの。おじさんだって、あの体操、パーキンソン病の進行を遅らせるためなんて考えてやっちゃいなかった。空手をやるのに必要な身体を作るトレーニングの延長。それが習慣になって無意識にやってた。だから、誰もが気楽に楽しみながらやれるものでなきゃダメなのよ」

理沙が一気にしゃべった。頬に赤みが差し、いつもの理沙に近づいている。さらに続けた。

「楽しみながらやれるものに変える。体操じゃなくてダンスね。パーキンソン病患者のためでなく、一般の人向けに変える。気が付けば、パーキンソン病の進行防止にも効いてた。これがベスト」

「エンターテインメント性を中心にしろってことだね。音楽とダンス、クラブで踊っても違和感がない音楽と振り付け」

剛志が頷きながら言う。

「当然、身体の状況、年齢などによってレベル分けして、動きやスピードを変えなきゃならないが。そういうものができるか」

私は理沙と剛志を交互に見ながら聞いた。

内藤さんに視線を向けると、考え込んでいる。しばらくして顔を上げた。

「ダンスに、身体の筋肉運動になる要素を組み込むということだな。可能だとは思うが」

「体幹を鍛える要素も必要です。身体の重心を低く保って、ふらつかず転ばずが無意識にできれば最高です」

「長く続けることが大事だな。苦にならず、無意識にできる運動。楽しくなければ、続けられないな」

「キーになるのはダンスの動き。アップステップ・ダンスです。どれだけ質の高いものが作れるか。今のままじゃ、誰も歯牙にもかけてくれない」

私は一人一人の顔を見て、誰かいいアイデアはないかと問いかけた。誰の反応もない。

「プロのダンスの振付師に頼むほかないと思う。基本動作とその意味を説明して、動きを決める。ダンスが出来たら、作詞家、作曲家に曲を作ってもらう。それをプロのダンサーに踊ってもらう」

　やはり誰からの反応もなかった。私は続けた。

「それには場所もいるし、人脈もいる。当然、お金と時間が必要だ。今までは趣味レベルでできたけど、これ以上のことをやるには、それなりの覚悟が必要だ。もしもその覚悟がなければ――」

「長谷川さんの言うことは分かったけど、ボクたちは何をやればいい」

　私の言葉を遮るように剛志が言う。全員が私を見ている。彼らはまだやる気だ。


「これを使ってくれ」

　内藤さんが預金通帳を私の前に置いた。私は通帳を開いた。

　今朝内藤さんから電話があり、彼の部屋に来ていた。

「三千万円。どうしたんです。こんな大金」

「駐車場を売った」

「あれは道場の跡地で、内藤さんにとっては大事なモノじゃないですか」

　私は内藤さんを見て聞く。

「いつか手放さなきゃならないと思ってた。今がそのときだ」

「これは使えない。内藤さんもいつか必要になる」

「長谷川さん、あんたひと月以上仕事に行ったり休んだりだろ。生活を切り詰めてこのプロジェクトに取り組んでる。生活費が要るだろ。あんたの生活費にも充ててくれ。残りの金で会場を借りて、プロのダンサーを集めろ。あんたが満足する動画を作ってくれ。足りない分は申し訳ないが、あんたらで何とかしてくれ」

「やっぱりもらえない。この先、どうなるか分からない」

「じつは、駐車場、六千万で売れた。全額使ってくれと言いたいが、その半分だ。悪いな」

その時、ドアが開き理沙が入ってくる。

「おじさん、おめでとう。清美さんと一緒に住むんだって。結婚式は挙げるんでしょ」

「そんなんじゃないんだ。俺が面倒を見てあげようと思って。俺はまだ食事を作ったり、洗濯や掃除はやれるだろ。ゴミ出しだって問題ない」

内藤さんが言い訳のように話し出した。

「照れることないじゃない。清美さん、若い時はかなりの美人だよ」

「若い時は、はないだろ。今でも十分美人だ」

「ゴメン。清美さんには言わないで」

「結婚式は挙げない。俺が一緒に住むのは、彼女を車椅子に乗せて公園に——」

「なにこれ」

　理沙がテーブルの上の通帳を手に取った。

「三の下に丸が七つ。三千万円」

　唖然《あぜん》としている理沙に、内藤さんが動画を作る費用にしてほしいと言っていることを話した。

「内藤さん、駐車場を売ったんだ。その半分。我々に使ってくれって」

「どうせ近いうちに処分しようと思ってたんだ。金なんて、大して使わないし」

「清美さんは知ってるの。これを出すこと」

「二人で相談して決めた。俺は清美さんと一緒に住む」

「おじさんもなかなかやるじゃない。これで一つ問題解決じゃない」

　理沙が嬉しそうに言う。

「内藤さん、やはりこれはとっておいた方がいい。あなたたちには必要だ」

「やめてくれ。俺たちは特別じゃないと言ったのは、あんたじゃないか。目標ができたんだ。俺だって、まだまだ働ける。ただし、あんたたちの助けが必要だし、ある程度の制約はあるが。あんた、いまほとんど働いてないんだろ。貯金を食いつぶしてる。そんなのすぐになくなる」

二人の目が私に集まった。

その夜、私は机の前に座って、パソコンを立ち上げた。

昔の職場を思い出しながら、キーボードを叩いた。気が付くと窓の外が明るくなっている。

エンターキーを押して十分もたたない間に、返信のメールがあった。

第五章　ビジョンハッカー

1

私たちは本格的に新しいダンス作りに入った。

実際にプロの振付師が振り付けをして、プロのダンサーに踊ってもらう計画だ。それまでに何が必要か話し合う。

私が内藤さんの部屋に行くと、理沙と剛志がテーブルに向き合って座っていた。その横に居心地の悪そうな顔をした篤夫がいる。内藤さんはカップで牛乳を飲みながら三人を見ている。

私は篤夫の横に座ったが、彼は知らん顔をしている。

理沙の前にはノートパソコン。剛志の前にはタブレットが置かれていた。

「ユーチューブを作る手順と、必要な人材のリストを作ってみた」

理沙がパソコン画面を私に向けた。

①ダンスのコンセプトとシナリオ作り。健康作りに役に立つ楽しいダンス。
②プロの選定。振付師とダンサー。
③ダンスの制作。
の三つの項目が書いてある。

「ダンスのコンセプトは、パーキンソン病患者の健康維持だけど、高齢者を含めて一般の人が楽しく参加できるもの」

理沙が賛同を求めるように私たちを見て続けた。

「最初にやることはシナリオ作り。コレにかかってる。出だしはおじさんの昔の演武。次に現在の演武」

「いま、内藤さんは空手の演武なんてできるのか」

「出来ないなら出来る範囲の映像を撮っておく」

内藤さんは何も言わず聞いているだけだ。

私は陽子に見せてもらった元気な頃の内藤さんの映像を思い浮かべた。キレのあるスケールの大きな演武だった。掛け声とともに、足を頭の上に振り上げる。スピードも迫力もあり、素人目にもいかにも強そうだった。しかし、今は足を頭どころか膝より上に上げることもできない。

「パーキンソン病を境にしてのおじさんのビフォー・アフター。これがアップステップ・ダンスの導入部。一分と二分用。みんなが見てみようという気になる」

理沙は何でもないという口調で言うが、内藤さんにとっては高いハードルだ。

「次は音楽に合わせて足の運動。飛んだり跳ねたりはムリだから、スローな曲にする。おじさんがやってる足と下半身の屈伸運動を三分間。ここで二十秒の休憩。おじさん自らの説明が入る。明快に簡潔に。次に上半身に移る。腕と肩と首と胸。腹筋も含まれる」

理沙は立ち上がり、姿勢を正した。話しながら実際の運動を始めた。

「腕を伸ばしたまま、指先を見つめて、真上に上げて大きく背後に回す。目は指先を見つめたままね。これ、おじさんがやってた体操。私もやってる。座って仕事をした後には凄くい い。全身がスッキリする。いかにも身体によさそう」

私も内藤さんに教わってから、今もやっている。たしかに背骨が伸びてスッキリする。

「これを続けて三回やる。一回が一分。三回だから三分。その他の動きが二分で、計五分。短いようで、実際にやってみると長い。これだけだと半数以上が脱落するね。だから音楽と振りを付ける。目で見て、耳で聞いて楽しむ」

理沙は最後の動作を繰り返して、イスに座った。

「この五分のパターンを一日三回。朝、昼、晩の食事前に繰り返す。音楽だけでも繰り返して聞きたくなるようなものにする。聞いてるうちに、自然と身体が動き出せばいい」

「複雑すぎるし、年寄り対象の健康体操の域を出ていない。パーキンソン病と年寄りという言葉は、一般の人は敬遠する。これではプロは引き受けてくれない。彼らにとっては仕事なんだ。趣味や人助けじゃない」

「長谷川さん、それは言いすぎです」

剛志が強い口調で言う。理沙が何か言いたそうにしているが、言葉が出てこない。

「でも、本音だと思う」

篤夫が遠慮がちにしゃべり始めた。

「小学生のころ、田舎のおじいちゃんの所に遊びに行った。おじいちゃんと買い物に出たとき、駅まで歩く途中でお葬式の家があった。僕には珍しかったので見てたら、おじいちゃんが今日は家に帰ろうって。そのまま帰った。おじいちゃんはその日、一日暗い顔をしてた。お年寄りは、他人の死と自分の死を結びつける。いくら普段は平気な顔をしててもね」

「そうだろうな。病人とは関わりたくない、というのが一般の人の本音だ。特に、高齢者は死と関係することは敬遠するだろうな」

今まで黙っていた内藤さんが口を開いた。

「社会が求めてるのは、明るい病人ってわけか」

内藤さんがポツリと言った。

「そうよ、それ。明るい病人がいてもおかしくない。病人がお年寄りを明るくする。パーキンソン病の患者が、身体にいいからって高齢者に体操やダンスを勧める。自分はまだまだやれる、って気持ちになれる」

不満そうだった理沙の表情が変わっている。

「一緒にやりましょう。俺たちはまだまだ元気です、というわけか」

内藤さんが自虐的に言う。

結局、その日は何も決まらず、明日また集まろうということで解散した。

翌日、私たちは再び内藤さんの部屋に集まった。

理沙が新しいシナリオだと言って話し始めた。

「必要なのは、おじさん。やはり主役は目立たせる。最初に歌を歌ってもらう」

「ユーチューブで歌ったやつか。評判はよかったが、パフォーマンスとしてだ。今度はそういうの抜きで、本格的な体操を作りたい」

「分かってる。パーキンソン病患者に役に立つ体操でしょ。でも、まず見てもらわなきゃ次に進めない。おじさん、詩を作ったじゃない。みんなも感心してた。曲もある。やろうと思えばできる」

正直に言わせてもらうけども、と前置きして剛志が話し始めた。

「内藤さんの歌はひどい。音程なんて無視して、声を張り上げてるだけ」

「声は出せてる。下手でもいい。味のある歌ってあるでしょ。音程が少々外れてても、魂が入っている歌」

理沙も次第に熱を帯びてくる。

「誰かがおじさんに教えればいい。歌唱指導ね。おじさんが主役だから、少しでも上手い方がいい」

「歌の次はダンスでもするか。俺がパンダの縫いぐるみでも着て」

「それもいいんじゃない。みんなで動物の仮装して。動物村のダンスパーティー」

理沙が内藤さんを睨むように見て言う。

話がまとまりを欠き、険悪な空気になってきた。

私は立ち上がった。

「このまま話し合っても何も結論は出ない。きみたちにはすでにユーチューブを作ったという実績がある。作りたい動画も形が見えてきた。プロに頼む前にもう一度きみたちで作ってみたらどうだ。少しだけスケールアップをして。内藤さんだけじゃなく、プロでなくてもダンスのできる人を探す。それを叩き台にして、プロに任せるという手もある」

私の言葉にみんなは考え込んでいる。

「歌は理沙さんに任せよう。最初に用意しなきゃならないのは、必要なもののリストと分担表だ。何をする人が、何人必要なのか。早く分かった方が人集めが簡単になる」

私は理沙に言った。

「まず身体と筋肉の動きを分析する。それに合わせて全身と手足の動きを決めて基本動作を作る。ダンスの振り付けをする人、実際に踊る人と撮影する人を探す。さらに編集する人もね。一番大事なのはすべてを仕切る監督。これがきみたちが目指すアップステップ・ダンスの制作に必要。つまりショートフィルムを作るんだ。できたらユーチューブで流し、反応を見たい。反応が良ければ、プロを入れて作り直す。現在、できているのはどこまでだ」

私は理沙に視線を向けた。

「パーキンソン病バージョンの初級と上級。初級は寝たきりと車椅子の人用。上級はおじさんより動きのスムーズな人。つまり、パーキンソン病と診断された人で、動きは健常者と変わらない人」

理沙は納得を求めるように剛志を見たが、剛志は何も言わない。

「ユーチューブで評判が良ければ、私が内藤さんと一緒に企業を回り、寄付金を集める。この寄付金でプロを集め、本格的な体操兼ダンスバージョンを作る」

「説明を聞いてる分にはいいけどね。実際にそんなにすごいのが作れるかどうか。ユーチューブの閲覧数が多くなかったらどうするの」

剛志の言葉に理沙が眉を吊り上げて、内藤さんに視線を向けた。

「パーキンソン病友の会に頼むつもり。全国に十六万人の患者がいるんでしょ。家族や友人を入れるとその数倍。それだけじゃない。このダンスは高齢者の機能訓練にも使えると言ってたのは、長谷川さん。こっちの方が需要は大きいって言ってたでしょ。でもそれは次のステップ」

途中から理沙が私に視線を向けてくる。私は小さく頷いた。

今回は監督を理沙が、撮影と編集を剛志と篤夫がやることに決まった。私は彼らのアドバイザーだ。

「問題は動画だ。プロに頼むためのサンプルだとしても、今のままだとリハビリにしか見えない。もっと動きが必要だ。やはりダンスの振り付けの経験者とダンサーが必要だ」

「私の母校の高校、ダンス部がある。みんなオリジナルを作って学園祭で発表する。十分程度のモノなら、お手のモノ」

理沙が自信に溢れた表情で言う。

「高校生は学校があるだろ」

「うちの高校はある程度の成績を取ってたら、大学には推薦で入れる。もう決まってる者なら、集めることが出来る。私に任せて。問題はどこでダンスの映像づくりをやるか。おじさんの家じゃできないし」

「それは俺に任せてくれ。あんたらばかりに苦労は掛けられないからな」

内藤さんが指でオーケーのサインをした。


内藤さんから連絡があったのは、その日の夜だった。

「俺の昔の弟子で、空手道場をやってるのがいる。朝八時から午後三時までは使っていいそうだ。事務所も必要だろう。近くに貸し事務所がある。デスク、イス、コピー機等がある。どうか、あの金を使ってほしい」

私たちは内藤さんの言葉に従って、道場と事務所を借りた。

事務所は二十平米ほどのワンルームだ。真ん中に大型テーブルがあり、まわりにパイプ椅子が十脚ほど置かれている。壁際にはホワイトボードとコピー機、テレビがあった。

「パーキンソン病患者の運動不足を解消する体操」。これが、佐藤医師が提案したタイトルだ。過度の宣伝文句が一切ない、シンプルな名前だ。しかし、理沙に言わせればダサくて長い。

私たちは本格的に、アップステップ・ダンスの制作に取り掛かった。

2

「大地に立ち、天を仰ぎ、心を打て」

理沙が声に出して読んだ。道場の正面の壁に掲げられた額縁の言葉だ。

内藤さんは道場の中央に立って額縁を見つめている。この額は内藤さんの道場にあったもので、道場をたたむとき寄贈したという。私と理沙、剛志は、内藤さんの姿を見つめていた。半生を捧げてきた空手のことを思っているのだろう。

内藤さんは額縁に丁寧に頭を下げると私たちに向き直った。

「どうだ。いい場所だろ。ここに来ると心が引き締まる」

「いい加減な気持ちで入れない。でも、よく道場をダンスの撮影に貸してくれたね」

「ダンスじゃない。体操だ。彼は俺の弟子の一人だ。俺のことを尊敬してる」

だからこれ、と言って、カギを出して私たちに見せた。

「ただし、時間厳守だ。午前八時から、午後三時まで。土、日は空手の練習があるから、体操は中止だ」

「時間的には十分です。急いで練習と撮影に入らなきゃ」

理沙が言う。昨日、事務所で決めたことだ。

ダンサーは理沙の高校のダンス部の部員を使う。まず基本の形を内藤さんの指導でやってみる。理沙によると、動き自体は単純なのですぐに覚えられるとのことだ。

剛志は時間の許す限り練習につき合って動画を撮る。それを編集してまとめていく。

「うちの高校のダンス部は関東大会でも優勝したことがある。伝統もあるし、プロになった人もいる。資料はメールで送ってあるから、何をするかは分かってる」

ちょうど九時に道場の正面玄関で騒がしい声がした。

十人ばかりの若い女の子が入ってくる。

「うちの高校のダンス部」

理沙は彼女たちを私たちに紹介した。

「部長の高梨《たかなし》麻衣《まい》さん。高三。彼女に任せておけば大丈夫」

麻衣はわずかに足を引いて頭を下げる。それだけで優雅さを感じる。

「理沙さんにメールをもらって、内容は理解してます。音楽もみんなで聞いて、体操のユーチューブも見ました。それで、運動能力が中程度の患者さん用のダンスを考えてきました。

書いてあった時間通りに、一分、二分、五分と十分の四種類あります」

麻衣が私たちに向かって言う。

内藤さんが女の子たちに、自分が書いたメモを見せながらダンスの要点について説明した。

「いちばん大切なのは体幹、身体の軸になる部分。常に大地に対して垂直になるように訓練する。身体が頭のてっぺんから踵《かかと》まで、一直線上にあるようにするんだ。時間もかかるし、努力もいる。次に、普段使ってない筋肉を鍛えることによって、動きがスムーズになり転ばなくなる。いや、転びにくくなる。ペンギン歩きもしなくてすむ。こういう要素をダンスに組み込んでほしいんだ」

「すぐに練習に入りたいんだけど。どこで着替えればいいの」

麻衣の言葉に、内藤さんが慌てて道場のロッカー室に案内する。

十五分後、女子高生たちが出てきた。

全員、白いタイツにバレエシューズを履いている。

最初に麻衣が踊り始めた。

道場の中央で一分、二分、五分の動きをしている。

内藤さんは吸いつけられるように見ている。

「あれが俺が意図した体操か。確かに要点はあの動きに入ってる」

「体操じゃなくて、ダンスと言ってもいいでしょ」

「ダンス部はバレエ部と同じなのか」

内藤さんがダンスを見ながら呟いている。

「大したもんだな。介護士付きのダンスだと思ってたけど、このダンスなら、俺一人でも出来そうだ。ただし、何かにつかまってだけど」

「基本のダンスはこれでいいですか。手直しはいくらでも出来ます」

麻衣が私たちの所に来て聞いた。額には汗がにじんでいる。さほど激しい運動には見えなかったが、実際は違うのだろう。

「いま踊ってもらったのは、内藤さんのように普通に歩けて、一人で生活できる人レベルのダンス。出来るだけ長く自立できるように、筋肉とバランス感覚を鍛える。でも、私たちが対象にしているのは、すべてのパーキンソン病の患者さん」

「ダンスの種類を増やすんだな。スピードのあるもの、ないもの。動きの大きいもの、小さいもの。やってみるよ。始める時期さえ早ければ、機能の衰えを防ぐこともできる」

理沙の言葉に内藤さんが自信を持って応える。体操ではなく、ダンスという言葉を使っている。

麻衣と内藤さんを中心にして、パーキンソン病の患者のレベルに合わせた体操の組み立てに着手した。

「一連の動きをつけてダンスに出来ればね。音楽を聴いたら、踊りたくなるような動き。そういうの、やってみてよ」

剛志の言葉で女子高校生たちが話し合っている。

一人の女子高生がスマホを出してみんなに見せた。昨夜、自分なりに考えたダンスだという。

音楽が鳴り始め、全員が音楽に合わせて踊り始めた。

五分ほどのダンスが終わり、麻衣たちは私たちの所に来た。

麻衣もかなり意欲的に取り組んでいる。

「すごいね」

剛志が興奮した口調で言う。

「でも問題は、踊るのが健常者ではなく、パーキンソン病の患者だってこと」

理沙の言葉で麻衣たちは再び踊り始めた。

「ねえ、あんたたち、その百分の一に動きをスローにできないの」

理沙の声で麻衣たちの動きが止まった。動きがスローになり、コマ送りのようになる。

二時間ほど練習を続けたが、振り付けは決まらなかった。内藤さんもかなり焦り始めた。

「やっぱり難しい。パーキンソン病の患者は、すぐに転んでしまう。重心をどこにおけばいいんだ。患者には震えが出る。上半身の位置が定まらないんだ」

「どこかにつかまっていればいいでしょ。テーブルでもイスでもいい。壁に手をかけてるだけでもいい。そのくらい自分で工夫したら」

考え込んでいた理沙が突然頭を上げて言う。

「リズムのテンポを変えればいいんだ。超スローから普通のスピード。さらにスピードを上げても踊れるでしょ。やれるかな」

「問題ないんじゃない、彼女らにとっては。いろんな対象を想定して踊れる。でも今回の場合、パーキンソン病の患者だ。今回はね」

「次回があるのか」

「そうなるように考える」

理沙は剛志に答えると、踊り終わった麻衣たちの方に走った。

新しいダンス映像を作り始めてから三日がすぎていた。

私は内藤さん、剛志、理沙、篤夫と、事務所で試作の動画を見ていた。

最初に作った動画に比べれば格段に良くなっている。高校ダンス部の生徒たちの動きはきびきびしていて、見ていて気持ちがよかった。しかしスローになると、落ち着いた優雅な動きではあるが、とたんにダンサーの存在感がなくなる。

「やはり、私じゃダメ。素人集団じゃ、相応のものしかできない。お金とノウハウが必要。私らにはどちらもない」

理沙がため息をつきながら言う。よくできてはいるが、もう一度見る気はしない。どうすればいいのか。

「理沙はプロのユーチューバーじゃないのか」

「いい加減に私を分かってよ。私は素人っぽさで受けている。それでいいと思ってる。だから今以上には伸びない。パーキンソン病患者のダンスの動画は、素人じゃ限界がある。より多くの人に見てもらって、実践してもらうには、プロが時間とお金をかけて作らなきゃダメ」

理沙としては消極的な言葉だ。よほど思い詰めているのだろう。だがすごく冷静な見方だ。

「私もそう思う。強い思いだけじゃだめだ。感情より理論を重視すべきだ。なぜコレに人気がないのかを突き詰めて考える。キッチリと理論に裏付けされたダンスでなきゃダメだ。そのためにはプロを集める必要がある」

私の結論だった。感情的な結論ではなく、過去の経験からの結論だ。

「そんなプロのユーチューバーを知らないか。金のことはあとで考えることにして」

私の言葉で全員が黙り込んだ。

「理沙は知らないのか。ユーチューブ仲間がいるだろ」

「私は素人だと言ったでしょ。動画配信で生計立ててるわけじゃないし、将来の仕事と考えてるわけでもない。だから、好きにやってる。それを気に入って、登録してくれる人もいる」

「アップステップ・ダンスはそれじゃダメなの」

剛志が私に聞いてくる。理沙が剛志を睨んだ。

「ダメだって言ってるでしょ。趣味や頼まれて見る人だけじゃ意味がない。見る人は切羽詰まって見るわけ。だったら、プロのダンスでなきゃならない」

「確かにそうだ。身内や友人に頼まれて見ても、一時間後には忘れてる」

剛志が実感を込めて言った。

3

私は時計を見た。

「時間を気にしてるの。長谷川さんらしくない」

理沙が私を見て言う。

「友達が来るんだ。みんなに紹介したい」

「長谷川さんにも友達がいるんだ。女性なの」

道場のドアが開いて、男の顔が覗いた。私が手を上げると安心したように入ってきた。

「川島慎吾《かわしましんご》じゃないの」

理沙が低い声を出した。

「誰、その人」

剛志が理沙を見て私に視線を向ける。

「有名な総合プロデューサーよ。アメリカで日本のアニメフェスティバルなんか、手がけてる。ずっと外国暮らしじゃなかったのかしら」

私が元の会社、ユニバ時代に知り合って、意気投合したイベントプロデューサーだ。数日前に連絡を取って、約束していたのだ。

慎吾は靴を脱いで道場に上がると、私の前に来て頭を下げた。

「ご無沙汰しています。去年、日本に帰ってきて、連絡しようと思って携帯に電話したんですがつながらなくて。そのまま、ズルズルと疎遠になってしまいました」

「色々あったんだ。ちょっと相談に乗ってもらいたいことがあって電話した」

私は全員に慎吾を紹介した。

「これまでの経緯は電話で話した通りだ。きみに見てもらいたいのは、内藤さんのダンスの映像だ。出来れば今後の展開にアドバイスが欲しい」

彼ならパーキンソン病にも興味を持ってくれると思ったのだ。

「彼が内藤真輔さんだ。発症して八年。ドパミンの値は健常者の二十パーセント以下なんだ」

私は内藤さんに立って歩くように頼んだ。

内藤さんは怪訝《けげん》そうな顔をしていたが、何も言わず私の指示に従ってくれた。慎吾は無言で内藤さんを見ている。

「しっかり歩けていますね。たしかにペンギン歩きにもなっていない。立っている分には健常者と同じです。ドパミンの値からすれば、奇跡的です」

慎吾に麻衣たちのダンスの映像を見せた。

「内藤さんの空手の演武が基本になっている。このダンスを社会に広めたい。立って、歩くための筋力を鍛え、バランス感覚が良くなるんじゃないかと考えてる。まずはパーキンソン病の患者さん。次に、高齢者。ラジオ体操のように日本中に広まればいいと思ってる」

私は慎吾に説明した。

慎吾は無言のまま、映像に見入っている。

「同じような映像が病状の程度に合わせて、五段階ある。それぞれ、一分、二分、五分、十分の四種類。合計二十種類ある」

「アニメ版もあると言ってましたが」

私は剛志にアニメ版を見せるように言う。

「まだ病状レベル3のダンスしか出来ていません。これは内藤さんのレベルです」

慎吾は剛志が再生する映像を見ている。

「初めて作るので、まだ動きがスムーズではありません。内藤さんの意見を聞きながら、手直しをしています」

剛志が慎吾に説明する。篤夫が横から身を乗り出すようにして話を聞いていた。

「きみがこれを作ったの。しかも初めて」

「市販のソフトがあります。動きさえ正確にとらえることが出来れば、そんなに難しくはありません」

「なぜ、実写映像とアニメが必要なの」

慎吾が剛志に聞いた。

「視聴者には、身体の動きを正確にとらえてほしいからです。この動きは何のためか、どこの筋肉に力を入れればいいかは、単純化したアニメの方がより正確に伝わります」

剛志を押しのけるようにして理沙が出てきた。

「私たちはおじさんの体操を楽しくやりたい。誰もが踊りたくなるようなダンスにアレンジしたいんです。それともう一つ。動きの目的を正確に理解できるものを作りたい。自分の身体を正しく鍛えていくためには、何をやっているかを理解するのが必要でしょ。このダンスを続けていけば、将来も出来るだけ長く自立した普通の生活を続けられる」

理沙はこれでいいんでしょ、というふうに私と内藤さんを見た。

「よく出来ている体操だと思います」

慎吾はアップステップ・ダンスを体操と言った。

慎吾が私に向き直った。こういう顔の時は辛辣な言葉が返ってきたことを思い出した。

「ダンスは単に音楽に乗って、飛んだり跳ねたりするだけのものじゃありません。ストーリー、物語があるんです。当然、その中には喜び、悲しみ、憎しみ、共感、妬みなど、様々な感情が含まれています。それらをダンサーの動きと表情と音楽で表現するのがダンスです。一分のものでも、十分のものでも同じです。このダンスと映像にはそれがない」

道場内は静まり返っている。理沙も必死に慎吾の言葉を理解しようとしているのが分かる。

「音楽は音で、ダンスは動きと表情で、様々な表現を試みています。共通しているのは感動です。視聴者の感動。でも残念ながらコレからはそれが感じられない。単なる音と動きです」

「でも、私たちの目指すものは、人の身体を丈夫にして、加齢や病気による衰えを防ごうというものです。普通のダンスとも体操とも違う」

理沙は必死に反論しようとしている。

「だから、誰も見ようとはしないんです。せいぜい見ても、必要としている人たちだけ。そんな数は全体から考えると、微々たるものです」

慎吾はゆっくりとした口調で続けた。その言葉は私たちの心と脳に染み込んでいった。

「プロが作り、プロが演じる。皆さんはプロを甘く見ている。完成品だけを見て、こんなものかと思う。しかし、その完成品に到達するにはその数万倍もの試行錯誤と練習が含まれているのです。オリンピックの金メダルと一緒です。結果だけを見て、拍手する。その結果には選手の何年もの汗と涙が染み込んでいるのです。これは、ダンスや演劇でも一緒です」

「俺は芸術性など難しいことは分からない。しかし、彼らが俺の伝えたいことをこのダンスの中に込めてくれた。このダンスを続ければ、少なくとも今よりは充実した人生を送ることが出来る。俺がその証だ」

内藤さんは立ち上がり、両足を開くと腰を低くして背筋を伸ばした。演武の騎馬立ちの形だ。そのまま前に進み、またゆっくりと立ち上がった。その動作を数回続ける。彼にとってはかなり過酷な動きのはずだ。額に血管が浮き、汗がにじんでいる。

「この体操に、きみの言うストーリー性は付けられるか」

私は慎吾の耳元でささやいた。慎吾は無言のまま、内藤さんの姿を見つめている。

「難しいけど、出来ないことはないでしょう」

慎吾は言い切ったが、目は内藤さんを見つめたままだ。

「映像は最初から作り直します。出来るだけ内藤さんには出てもらいます。内藤さんの動きをダンサーに真似てもらう。それをセットにして、アニメで動きの意味を説明する。内藤さんとダンサーに興味を持った人が、アニメに進み、なぜこの動きが必要かを理解する」

慎吾は私たち一人一人に目を向けながら、ゆっくりと説明した。

その日から慎吾の指導のもとで新しいダンス作りが始まった。

剛志と篤夫は慎吾に付きっきりで手伝っている。

「川島さんと長谷川さんの関係は何なんだ」

慎吾を中心としたミーティングが終わり、次の仕事があると言って慎吾が帰った後、剛志が強い口調で聞いてきた。

「世界的なイベントプロデューサー。ダンスのディレクターもやってる。そんな有名人が無料であれだけやってくれる。それって何でなんです」

「彼のお父さんがパーキンソン病なんだ。彼はあれだけ元気に飛んだり跳ねたり出来るのに、お父さんは内藤さんと一緒。まだ普通に生活は出来てるけど、いずれ歩くことも難しくなる。だから協力してくれてる」

それに、と言って続けた。

「彼自身がこの病気を恐れてる。いつか自分もお父さんのようになるんじゃないかって」

「遺伝性のものだなんて、どこにも載ってないです」

剛志が真剣な顔で言う。

「違うと言いきってるものもないんじゃないか。だから、自分の発症をすごく恐れてる。私がこの話をした時も、最初は断られた。身近に感じるのが嫌だったんだと思う。でも翌日、電話をもらった。やってみるって。どこかで恐れを断ち切りたいんだと思う」

「正面から向き合うことに決めたんだ」

「少しでも多くの人に知ってもらって、治療薬の研究につなげようと思ったんじゃないのか。その効果はあると思う」

私は確信を持って言った。

計画は少しずつではあるが、進んでいった。

一週間でパーキンソン病の患者用、中級クラスの体操兼ダンスの音楽と振り付けが出来たと報告があった。

私たちは道場に集まった。

道場には理沙と、麻衣たち高校のダンス部のメンバーもいた。

慎吾はプロのダンサーを使うつもりだったが、内藤さんが頭を下げたのだ。慎吾も麻衣たちのダンスを見て自分の指示に従うという条件でオーケーした。

「理沙さんの要求は全部取り入れたはずだけど、意図と違うところがあれば言ってくださいね」

麻衣が理沙に言う。

慎吾のアイデアで、内藤さんを中心にして、複数のダンサーがアップステップ・ダンスを披露する映像を撮るというのだ。

「メインで踊るのはおじさんなんだから、やりにくいところがあれば言ってね。ダンス部の全員が、おじさんの状態やリハビリの動画なんかは見て理解している。おじさんが踊りやすいように作られてるはず」

「なんか緊張するな。俺にできるなんて、ダンスになってないんじゃないか」

音楽が流れ始めた。低い響きの日本の時代劇を感じさせる音だ。次第に音が高くなる。

いつの間にか私の背後に慎吾が立っているのに気づいた。昨夜、電話で今日、中級クラスの最後の映像収録をすると伝えておいたのだ。

麻衣たちが現れた。流れるようなすり足で道場の床の上を動いている。

内藤さんはじっと見つめていた。

麻衣たちの動く範囲は半径一メートルの円内だ。その中で音楽に合わせてゆっくりと動く。空手の演武を優雅に舞っている。素人目にもムダな動きはなく、音楽と一体になっていた。

内藤さんの視線は麻衣に吸いついている。丁度十分で麻衣の動きは音楽とともに止まった。

「すごいね。俺の意図してるところは完全に入ってる。手足の屈伸、重心の取り方と移し方。動作の移動も問題ない。さすが有名プロデューサーの指導だ」

麻衣が私たちの方にやってくる。

「何か問題はないですか？　身体の重心の取り方、移し方を練習できる動きって言われたから、特に注意しましたけど」

「有り難うございます。完璧です。ただ、少し動きが大きすぎると思います。私たちパーキンソン病の患者は震えながら身体を動かすことになります。動作が大きいと身体の制御が利かなくなって、重心の移動が追い付かない。だから、転んでしまう。これは、高齢者と同じです」

内藤さんが丁寧に頭を下げた後、改まった口調で麻衣に言う。麻衣は頷きながら聞いている。

「おじさんがやってみて、見てもらえばいい」

初めは嫌がっていた内藤さんも、麻衣に手を引かれて中央に出た。

「完璧だなんて言いながら、けっこう文句をつけてるね。内藤さん」

二人の動きを見ながら剛志が言う。

麻衣と内藤さんは二時間近く二人で話したり、動きを確かめたりしていた。すでに五時間近く立ちっぱなしだ。

私は内藤さんの身体が心配になって、続きがあれば別の日にしようと伝えてやっと終わった。

「もう僕には何も言うことはありません。若いって素晴らしいですね。嫉妬さえ覚える」

慎吾は私に囁いて、帰っていった。

道場を出たのは、空手道場の生徒たちが来始めてからだった。

外に出ると町がオレンジ色に染まり、陽が沈みかけている。

麻衣たちと打ち合わせのある理沙を残し、私は剛志と内藤さんを送っていった。

「内藤さん、疲れてないの。ボクは見てるだけだったけど、けっこう疲れた」

剛志が聞いた。

「空手をやってた時はこんなものじゃなかった。朝から夜まで、立ちっぱなしの動きっぱなし。身体中が痛くなった。でも、一晩寝れば治ってたな」

「一つの形が決まれば、後は音楽のリズムと動きの範囲を大きくするか小さくするかで、演技者に合わせることが出来ると理沙は言ってた。内藤さんは、ダンスもやってればうまくなったって、麻衣さんは感心してた。リズム感があるって」

剛志が嬉しそうに言う。

「リズム感があっても、身体が意思通りには動かない」

私は内藤さんがもどかしそうに、足や腕を拳で叩いているのに気づいていた。あれは手足が意思通りに動かない時の仕草か。

慎吾が道場に来て一週間後、私たちは慎吾の仕事場に行った。慎吾に内藤さんを連れてくるようにと頼まれたのだ。内藤さんは慎吾の父親がパーキンソン病だと聞き、初対面のときとは打って変わって協力的になっている。

慎吾は剛志が作ったアニメをさらにグレードアップさせて、実写に近い映像にする作業を行っていた。

「モーションキャプチャーを使います」

慎吾はモーションキャプチャーについて説明した。剛志と篤夫は真剣な表情で聞いている。

モーションキャプチャーを使用すれば、人間の動きをデジタルデータとして取得し、CGキャラクターに変換することが可能となる。リアルな動きを表現したい場合に有効で、アニメーション制作の省力化、効率化にも効果を発揮している。

「センサーを付けて演技をして、あとでCGで衣装などをつけていきます。上半身裸のアバターを使って、筋肉の動きをより分かりやすくしたいと思っています。これを何種類か作ります。個人の状態に合わせて、やりやすいダンスを選ぶことが出来るように」

「今までのじゃダメなのか」

内藤さんが聞いた。

「内藤さんのダンスは素朴で、誰にでも真似できるという親しみやすさがあります。でもこのダンスは、ただ踊ってもらうにはもったいない。視聴者にもダンスの動きの意味を知ってもらいたい。すべての動きに意味があります。細部を正確に踊ることで足の筋肉が鍛えられ、体幹のバランスが取れるようになる。だから、もっと詳細なダンスステップが分かるようにします」

慎吾は内藤さんのアバターを作って、アップステップ・ダンスを踊らせようというのか。

「難しいことは分からないが、俺は何をすればいいんだ」

「足の動き、手の動き、腰の動きはアニメで表現します。足の裏や掌の力の入れ方もね。内藤さんは、モデルの動きを助けてください」

タイツを穿《は》いたダンサーが現れた。内藤さんの動きを真似て全身、手足を動かす。

「すごいね。ハリウッドで映画を作ってるみたいだ。すごい技術だ」

剛志と篤夫は慎吾の後ろに張り付いている。

三種類の動画が撮られた。内藤さん、内藤さんによく似たアバター、かわいい人型のキャラクターそれぞれがアップステップ・ダンスを掛け声を上げながら踊っているものだ。

ひと月余りかけて、ユーチューブで流す動画が出来上がった。

予定通り、中級クラス向けのアップステップ・ダンスの映像、一分、二分、五分、十分の四通りを流してみる。タイトルは、〈おっさんのダンス。みんなで踊ろう、アップステップ〉。

内藤さんのユーチューブに流すと同時にＤＶＤを作って、サンプルとしてパーキンソン病友の会に配ることにした。

「最低一万枚は作りたい。ＤＶＤの製作費、配送費、その準備に必要な人件費などはどうする。ボランティアを集めるのにも広告代などの費用がいる」

私はそう言うと、昨夜作った見積もりが入っているタブレットをテーブルに置いた。合計、五百万円を超えている。

「施設に送るＤＶＤの実費と送料は取るべきね。ワンセットで千円」

「お金を払ってまで見る価値があるかどうかだね。勝手に送って、ワンセット千円を払えって言うわけにもいかないだろ」

剛志の言葉は現実の重みとなって、全員の心に響いてくる。

「無料にしてくれ。駐車場を売った金を使ってくれ。そうしてくれれば、俺は嬉しい」

内藤さんが全員の前で言う。

それしかないということで、全員で納得した。

それから一週間後、慎吾の協力で残りの実写版のダンスと、アニメ版のダンスが出来上がった。

理沙がこれらをユーチューブ用に編集してアップしていく。

「一般の人の感想が入ればいいんだけどね。今は、それだけの知名度がない。悲しいけどね」

理沙が悔しそうに言う。

「最初はパーキンソン病の患者とその家族や関係者。そこから拡散してもらえればいい。中には、ダンスや音楽に知識のある人がいるかもしれない」

「問題はそこ。何が良くて、何が悪いのか分からなくなってる。私のチャンネルなんて、評論家や映像関係の人からは、メチャメチャよ。バカ、クズ、何も知らないオンナ。言いたい放題。それがまた、受けてるみたい。〈社会に逆行、反逆するオンナ〉なんて言い出す評論家や知識人と言われている人が出てくる。それでまたバズる。そんな気なんてないのにね。やりたいことをやりたいようにやってるだけなのに」

「世の中、なんにでも理屈をつけたがるってわけか。でも、やっぱり理沙はすごいよ」

剛志が感心している。

「ユーチューブでブレイクするには、ある分岐点を超えなきゃならない。そこを超えたら、雪崩式ね。放っておいても閲覧数は増えていく」

理沙は冷静な口調で言った。

投稿初日は百人を超す閲覧者があった。増えたのは数日だけで、その後は一桁の日が続き始めた。分岐点を超える日など来そうになかった。

4

ユーチューブに載せ始めて五日後、慎吾が事務所に男を連れてやってきた。

痩せて背の高い男が、慎吾の背後から理沙を見つめている。色白の端整な顔に、不思議な笑みを浮かべていた。

「ちょっと通りかかったんで寄ってみただけです」

慎吾が私に言い訳のように言う。

「ボクは、あなたのユーチューブチャンネル大好きです。会いたいなと、思ってたんです」

男が理沙に向かって言った。少し甲高いが優しそうな声だった。理沙は何と答えていいか分からず戸惑っている。

「すごく身近に感じます。これからの時代、女性が主役なんだって感じ。あのチャンネル、理沙さんの魅力を引き出している。慎吾が知り合いだというんで、ボクも本物を見に来たけど」

「アップステップ・ダンスの方ですか、私個人のリーリズ・ルームの方ですか」

男がタブレットを出して理沙の方に向けた。理沙のチャンネルが現れる。

「やめとけよ。理沙ちゃんは本職じゃないんだから。失礼だぞ」

慎吾が言って、私に向かって頭を下げた。

「悪いとは言ってないよ。あなたのは五十点。アップステップ・ダンスは三十点。慎吾も関わってるんでしょ」

「どっちも不合格点。落第ってことね」

理沙が面白そうに言う。

こうはっきり言われると、どう反論すればいいか分からないのだ。

「こいつ誰なんだ。おかしな格好して」

内藤さんが私に囁く。

たしかに浮いていた。ピンクとブルーのストライプのダブダブのTシャツに白と黒のストライプのパンツ。素足に先の尖った革靴を履いている。その靴の色は赤い。まるで派手めのピエロだ。

「こいつ、友達のサクラオカです。連れてけって言うから連れてきましたが、マズかったようですね」

慎吾がまた、言い訳のように言う。

「サクラオカ、なんなんだ。下の名前は」

「サクラオカで全部」

「サクラオカって、あのサクラオカですか。ユーチューバーの」

剛志が聞いた。理沙も名前は知っているらしく驚いている。素顔を見るのは初めてなのだ。

「ユーチューブを調べてるときに、日本のユーチューバー、ベストスリーの三位に載ってた」

剛志が言う。

「今はトップよ。世界でも注目されてる」

理沙が訂正する。

「そのサクラオカさんが、私に何の用なの。点数を付けて落第を宣言しに来たの」

「慎吾の友達が動画を作ってるというので、興味があった」

「友達じゃない。単なる知り合い。で、何なの五十点と三十点の根拠は」

理沙はそう言って、サクラオカの前に立った。

サクラオカは値踏みするように見つめながら、理沙の周りを歩いた。みんな、呆気に取られて見ている。

「見かけは悪くない。画像も悪くはない。素材はいいんだから、扱いようによってはもっとヒットするんじゃない」

「私としては、中身も見てもらいたいんだけど」

「いいよ、脱いでごらん」

「身体じゃなくて心の話」

私は慌てて二人の間に入った。

「二人ともユーチューバーなんだ。だったら――」

「サクラオカさん、歌手のダニエル・ワトソンのダンス映像作ったの、あんたでしょ」

何かを考えていた理沙が私の言葉をさえぎった。ダニエルはアメリカの売り出し中の歌手だ。

「クライアントについてはノーコメント」

「絶対にそう。あんたのユーチューブ、何十回も見た。おじさんのユーチューブ作るのに研究した。特に音楽とバックの風景。そうじゃないかとは思ってたんだけど、あなたがあのプロモーションビデオを作ってるとはね。ダンスシーンは最高だった」

「シゴトだから」

「感心した。あんな平凡な男のダンスをあれだけ、神秘的に魅力的に、しかも個性的に見せる技術に」

理沙にしては最高級の誉め言葉なんだろう。

「それにしても理沙さん、魅力的ですよ。さすが慎吾の友達だ。ゴメン、単なる知り合い」

サクラオカはもう一度、理沙を舐めるように見ながらひと回りした。そして慎吾の腕をつかんで出て行った。

事務所は急に静かになった。

「なんだったんだ、アレ」

内藤さんが呟くように言った。

「大変だったね」

剛志が内藤さんに言う。内藤さんは後部座席でぐったりしている。

帰りはタクシーで内藤さんを家まで送った。かなり疲れた様子だったのだ。

「あんた、サクラオカのこと、知ってたんだ。ユーチューブについて調べたの」

理沙が剛志に聞いた。

「そりゃユーチューブやるんだからね。だから——」

「五十点と三十点の動画じゃ、やらない方がよかったか」

「ボクはそうは思わない。経験こそ成功への道。理沙の場合、独学だろ。プロが見て、評価したんだ。五十点でも、三十点でも良しとしなきゃ。改良すればいい」

剛志が見ていたスマホを私と理沙に向けた。

「さっそく載ってる。〈ニューヨークのイベントプロデューサー川島慎吾がユーチューバー、サクラオカと一緒に応援か〉。二人がボクたちの事務所に入るのを誰かが見てたんだ。写真もついてる。若い層が少しは集まるんじゃないの。それだけでも儲けもの」

「サクラオカの名前も出てるのか。慎吾の友達って、けっこうすごい人がいるんだよ」

私は改めて慎吾に感謝した。

「サクラオカ、慎吾さんの単なる友達じゃないわよ。多分、ガールフレンド、いや、恋人かな」

私たちは一斉に理沙を見た。

「気が付かなかったの。サクラオカって、女性よ。ニューヨークにはああいう人、たくさんいるって。人よりチョット個性的なだけ」

「チョットなのか。私にはかなり個性的で刺激的だった」

私は冷静な声で言った。私は男か女か決めかねていたのだ。

内藤さんは無言で理沙たちの言葉を聞いている。

理沙はスマホを見ながら考え込んでいたが私に目を向けた。

「サクラオカのメールアドレスか、連絡方法を調べてくれる」

「また、何か考えてるのか。もう我々には時間がないってことを忘れないでくれ」

車が止まった。内藤さんの新しい家の前についている。

私たちは内藤さんを支えて家の前まで送った。

「今日は早く寝てください。明日も撮影がありますから」

何か言おうとした内藤さんの口を封じるように言った。


翌日、昼をすぎてから事務所に行くと理沙たちがパソコンの前に集まっている。

「しかし、すごいな。これだけで三千人近くの興味を引いた」

「これ、現在の『アップステップ』の閲覧数です。これからドンドン拡散されていきます。大物ユーチューバーが、かんでいますから」

剛志の言葉で篤夫が私の前にタブレットを突き出して、読み上げた。

「〈次はテレビで見られますように〉〈生でも見てみたい〉。いま、アップステップ・ダンスのユーチューブチャンネルがバズってる」

今朝からアップステップ・ダンスのユーチューブの閲覧数が、突然増えだしたというのだ。

五百程度だったのが三千を超えている。今も増え続けている。

「何かがあったんだ。心当たりあるか」

私の言葉で、剛志がキーボードを叩いた。

画面にサクラオカのホームページが現れる。ページをスクロールしていく。

「これじゃないの」

篤夫がタブレットを差し出す。タイトルは〈ある若者たちの試み〉。そこには、私たちのことが写真入りで詳しく書いてあった。

「これも関係ある」

剛志が見せたパソコンには、サクラオカのツイッターが表示されている。

「『〈おっさんのダンス。みんなで踊ろう、アップステップ〉。ダサいチャンネルだけど見てみたら。百点満点で三十点だけど、なかなか味がある』」

剛志が声に出して読み上げる。

その時、理沙のスマホが鳴り始めた。

電話に出た理沙がスピーカーにしてテーブルに置いた。

事務所中の者たちが集まってくる。

〈サクラオカが送ってきた。あいつが編集したアップステップの動画。どうする。見るなら

送るよ。あいつ、徹夜で作ってた〉

慎吾が話し始めた。

「送ってよ。私のEメールアドレス知ってるでしょ。今、こっちは大騒ぎ」

〈三十点のユーチューブだろ。閲覧者、五千を超えてる〉

理沙はパソコンの前に座り、キーボードを叩いた。

パソコンをみんなの方に向けると、添付されているのは、アップステップ・ダンスの宣伝映像だ。

三十秒、一分、三分、五分のダンスが載っている。最初の二つを見た。

全員が息を呑んで見ている。女子高生たちのざわめきから始まり、歌声と音楽、周囲の風景までが混ざりあって、その中心に黒帯を締めた空手着の内藤さんがいる。

パーキンソン病発症前の空手の演武映像。時に凄まじい顔のクローズアップが入り、様々な表情が浮かび上がる。一転して必死で歩く内藤さんの姿に変わる。内藤さんに代表される人間の強さと弱さ、華やかさとはかなさ、喜びと哀しみ、勇気、力強さ、可能性を感じさせるものだ。時の流れは止めようがない。しかし、人として生きる努力はできる。ナレーションと字幕が入る。

三十秒のものを見れば、一分のものを見たくなる。次は——。時間の長いモノは、見ているだけで訴えかけてくるモノであり、主張がより具体的に分かる。三分のものを見れば、五分のものに行き着く構成になっている。

「スゴイね。内藤さんじゃないみたい。で、いくら払えばいいの」

〈金じゃないと思うよ。まともに払うと数百万だろ。あいつ、企業や有名人のも作ってる〉

「そんなには払えない」

〈もらっておけよ。あいつ、金持ちだし。理沙ちゃんのこと気に入ったんだ。今度、一緒に飯でも食えばいいんじゃないの〉

慎吾の笑い声とともにスマホは切れた。

「昨夜、サクラオカに私たちが撮ったダンスのデータを全部送っておいた。〈三十一点の映像を作ってくれるとラッキーです〉というメッセージ付きで。これがソレらしい。さあ、意見を言って。何か言いたい人ばかりでしょ」

理沙が私たちに視線を向ける。

「洗練された魅力的な映像だと思う。これを流せばアップステップ・ダンスの閲覧数はかなり上がる。対象もパーキンソン病患者から他の人たちにも広げられる」

お世辞ではなく、本当にそう思ったのだ。

「とにかく、拡散させればいいんでしょ。アメリカ流ね。大賛成」

「マジにお金を払わなくていいんですか。徹夜で作ったって」

理沙が黙っていると、篤夫が声に出してタブレットの画面を読み上げた。

「サクラオカ。本名花巻薫《はなまきかおる》、二十八歳。ユーチューバー。登録者数百二十万人。海外のアーティストの動画も制作。ツイッターのフォロワー数九十二万人。英語のサイトも持っています。こっちの登録者数三百八十万人。すごいですね。インフルエンサーとしての宣伝広告収入で一億円を超えてますね。二億円に突入は時間の問題って書いてます。ＳＮＳの申し子のような人です」

篤夫がタブレットを見ながら言う。

「これ、本当に流してもいいんですかね。内藤さんの名前も出るし、不自由そうに歩いてるシーンも使われています」

「内藤さん、怒らないよ。おじさんに聞いてみて。流していいモノか」

「多分じゃダメ。多分」

理沙の言葉で私は内藤さんに電話をした。

内藤さんの答えはひと言だった。〈好きにしてくれ〉

その日のうちに、サクラオカが作ってくれた、アップステップ・ダンスの宣伝映像をユーチューブにアップした。同時に各自がSNS利用者の知り合いに拡散を頼んだ。

「サクラオカさんにも動画をアップしたことを知らせておきました。SNSは何でもやってるって書いてましたから」

剛志が、まずツイッターと言ってタブレットをタップすると、サクラオカのツイッターが現れた。

マスクとサングラスをしたサクラオカの顔が現れ、バックの写真にはペンギンが写っている。

驚いたことに、すでに『アップステップ』の紹介があげられ、五万以上の「いいね」と拡散が行われている。フェイスブックにも同じように、アップされていた。

「インスタグラムやラインにも載っています」

「サクラオカさんがフェイスブックで内藤さんのことを投稿してます。勇気ある空手家、戦う相手はパーキンソン病」

剛志の言葉に全員が彼の周りに集まる。

「メチャメチャ、シェアされています。こういう人が味方に付くと、最強ですね」

「『アップステップ』の閲覧数が一万人を超えてる。一時間前は三千人ほどだったのに。今も増えてる」

篤夫がタブレットを操作しながら言う。

「でも、気を付けてほしい。味方を作りやすいってことは、敵を作りやすいってことだ。今後は、すべての行動、言動に注意してほしい」

私はみんなの気を引き締めるように言った。


サクラオカの作った動画を最初に流して、次に我々が作った「アップステップ・ダンス」を加えていった。

半月後には全体のラインアップの八割をアップすることが出来た。残りも慎吾のアドバイスを受けながら理沙が作っている。

閲覧数は一日で一万件を超す日が続いている。

パーキンソン病関係者ばかりではなく、高齢者施設の職員、ダイエット中の人からもコメントがあった。

DVDを求めてくるパーキンソン病関係者や高齢者施設もあったが、動画配信に切り替えた。これも慎吾のアドバイスだ。

ある日、理沙から相談に乗ってほしいというメールが来た。

内藤さんの家に行くと、剛志や篤夫、陽子も集まっている。

「この動画を日本中に一斉配信したい」

理沙が全員に向かって言った。

「もうやってるだろ。みんなが見てる。ボクの所にも見たってメールが来る」

「私が考えているのは一体性。同じ時間に日本中で共有したいの。やりたいのはただのユーチューブ動画配信じゃなくて、ライブ配信。私たちのライブを日本中の人が、同じ時間に、どこかで見てる。ダンスをしている。スマホ、タブレット、パソコン。何でもいい。みんなで同じ空間と意識を共有したい」

「オリンピックみたいなものか」

「違う。見てる人全員が選手で、競技をしてる。今はそういうことが出来る時代なの。SNSを使えばね」

理沙が熱く語っている。

「金も準備も人もいるだろ。とても我々の手に負えない。どうするんだ」

「ネットで集めればいい」

「あの動画は必要な人が、時間のある時に見て、ダンスをやってみるためのものだ。日本中の人が同時に見て何になるんだ」

内藤さんが理沙をなだめるように言うが、彼女のアイデアに驚きを隠せていない。

「私はパーキンソン病なんて知らなかったし、知ろうとも思わなかった。でも、今はけっこう詳しい。数か月だけどおじさんと一緒に動画を作ったから。その過程で色んなことを知った。日本にはパーキンソン病の人が十六万人、世界では七百万人いるってことも。人間は誰でも歳をとると足が弱り、バランス感覚が鈍くなるってこともね。そのためには、早くから準備がいるってことも。私もこのダンス、食事前にやってる。五分バージョン。面倒だけどイヤではない」

「じつは、ボクもやってる」

剛志に続いて私と陽子も手を挙げた。

「その必要性を知ってるから続けることが出来る。だから、もっと多くの人に教えてあげたい」

理沙は何かを考えながらボソリと言った。

『アップステップ』動画は、様々なバージョンがネットにアップされている。

バージョンが増えるにつれて、徐々にではあるがチャンネル登録者数も増えている。現段階で、登録者数は二十万人を超えていた。

それに伴い内藤さんは「パーキンソン病友の会」の講演にも呼ばれるようになった。

5

「遅い。もう十分も待たされてる」

理沙がイライラした口調で言う。

私と理沙、剛志、そして内藤さんは駅近くの喫茶店で「健康週報」の鈴木編集長を待っていた。

昨夜、鈴木から理沙に電話があって、『アップステップ』を記事にしたいので会いたいというのだ。

「理沙なんか十分遅れるのは普通じゃないか。それに、まだ約束の時間じゃないだろ。ボクたちが十五分早く来たんだ。遅れるのはマズいと言って」

「でも、取材を申し込んできたのは鈴木さんの方よ。評判になってるユーチューブの取材をしたいって」

「手のひら返しだな。前は断ったくせに」

内藤さんが不満を含んだ声で言う。

その時、ドアが開いて、中年の男が顔を出した。後ろにカメラバッグを持ったカメラマンもついている。

「私、〈健康週報〉の鈴木です。今日はパーキンソン病患者のための新しいユーチューブチャンネル、『アップステップ』についての話を伺いに来ました」

座るなり、いきなり話し始めた。

「チャンネル登録者数二十万人超えの人気ユーチューブチャンネルだとか。スゴイね。大物ユーチューバーも応援している。マスコミにも取り上げられ始めてる。これって、凄いことですよ。私も『アップステップ』見ました。テンポもいいし、実に健康によさそうだ。パーキンソン病患者だけじゃなく、高齢者にも使えると評判です。私どもの週刊誌にピッタリです」

鈴木は前に会ったこと、言ったことは忘れているように調子よくしゃべった。

私は前回とほぼ同じことをしゃべった。鈴木は熱心にメモを取っている。

その間もカメラマンは内藤さんや私たちの写真を撮り続けている。

「それで、今後の計画を教えてください。一応、社会で認知度が出始めたんです。ここで何かドカーンと花火を上げるんでしょ。微力ながら力になりますよ」

私たちはお互いに顔を見合わせた。まだ具体的には何も考えていなかったのだ。

「内藤さんは講演活動中。皆さんはダンスのパターンの制作中。なるほど、まだ発表は出来ないわけですね。理沙さんはご自分のユーチューブチャンネルを使って何かをするという考えはないんですか」

鈴木が理沙に視線を向けた。私は理沙を制するように話した。

「しばらくは、現在の状態を続けるつもりです。アップステップ・ダンスもブラシュアップするつもりです」

鈴木が腕時計を見て、カメラマンと話した。

「とりあえず今回はこのくらいで。来週号には見開きでアップステップ・ダンスが載ります。次の計画が具体的になったら、直ちにご連絡ください。必ずいちばんに取材に来ますから。ここ、支払いしておきますから、皆さんはごゆっくり」

鈴木は愛敬を振りまきながら店を出て行った。

「前とは対応が全然違うね。別人みたいだ。視聴回数とチャンネル登録者数が二桁増えただけなのに」

「やはり、世間では凄いことなんだ。病院や施設からの問い合わせがかなりあるもの。俺はユーチューブを見てくれ、でガチャンと切ってる」

「マズいでしょそれは。内藤さんがしっかり対応しなきゃ」

「ユーチューブにしっかり書いてると言ったのあんただろ。俺にバカなことをしゃべらせないために」

内藤さんが私を見て笑った。

「何で私に話させなかったの。今後のことについて」

理沙の顔には不満が貼りついている。

私はイスに座り直して、みんなに視線を移した。

「本気で何かをやるんだったら、公的な組織を立ち上げることが必要だ」

私は慎吾に助言を頼んだ時から考えていたことを言った。

これから様々な問題が生じてくる。ある程度まとまったお金が動くことになるだろう。ダンスや歌を作ると著作権の問題も生まれる。「アップステップ」「アップステップ・ダンス」。これらも商標登録を取っておく必要がある。私は昔を思い出しながら話した。

「ボランティアが集まって趣味でやってるうちはいいが、必ず生じてくる問題だ」

「公的な組織って何だ」

内藤さんが聞いてくる。

「NGOか、NPOです。ノン・ガバメンタル・オーガナイゼーションとノン・プロフィット・オーガナイゼーション。非政府組織と非営利組織の略です。パーキンソン病で何かをやるつもりなら、後者の方がいい。ハードルも低い」

「NPOか。詳しくは知らないが」

「社会的な信用ができるし、政府の認可団体だと補助金や寄付金を受けやすい」

「そういうの作るの面倒じゃないのか」

「面倒です。でも、そんなに難しくはない」

私はNPOについて説明した。

NPOとは市民が主体となって自発的、継続的に社会貢献活動を行う団体で、営利を目的としない。ただし利益を挙げてはいけないわけではない。

期待される役割とは、行政や企業には対応しづらい多様なニーズに応えてサービスを提供することだ。

NPOを設立するには三名以上の理事、一名以上の監事がいなければならない。理事とは団体を代表する者であり、また監事は彼らの職務執行を監督する権限を持つ。理事と監事は兼任できないし、NPO職員を兼ねることもできない。

「理事は誰でもなれるの」

「理沙さん以外は大丈夫」

「内藤さんを理事長にして、私と剛志くん、陽子さんが理事。あと、一名の監事が必要です。出来れば社会的に名のある人がいいんですがね。迷惑は絶対にかけないことを約束して、誰かいないか」

私は一人一人に視線を向けて言った。

「俺は社会を低空飛行で生きてきた。特にここ数年は社会からは距離を置いてきた。社会的地位のある人とは無関係だ。俺がそのＮＰＯのトップというのもムリがあるんじゃないか。何も知らない」

「内藤さんの体操を広めようというんです。当人が代表者というのは当然です」

結局、内藤さんが理事長、理事は剛志と陽子、そして佐藤医師に頼むことにした。私は監事になった。

ＮＰＯの名前は「アップステップ・トゥギャザー」。一歩前へ、みんなで。

「本当にここでいいのか」

内藤さんが理沙に念を押すように聞く。

理沙はスマホを出して、メールを見せた。十四時、パシフィックホテル。確かに書いてある。

私と内藤さん、剛志、理沙、篤夫はホテルのラウンジにいた。昨夜、ヘルスホールド株式会社の社長、柳田雅夫《やなぎだまさお》と名乗る男から理沙に、アップステップ・ダンスの活動に融資をする用意があると電話があったのだ。

「金額は言ってなかったのか。大体のところでいいんだ」

内藤さんがその話を聞いてから、何度目かの質問をした。

「私だって聞いてみた。お会いした時にお話しします、しか言わなかった」

「しかし何で理沙なんだよ。アップステップ・ダンスとNPOのホームページを見て電話してきたんだろ」

「私がいちばんの有名人だからじゃないの。私が言い出したことだし」

剛志も反論の余地はなかった。

「ヘルスホールド株式会社は高齢者用介護用品のレンタル会社だ。ここ数年で著しく伸びている」

ホテルに来る前に私が調べた会社概要は話してある。

「私も調べた。たしかにここ数年の伸び率はスゴイ。でも、パーキンソン病には関係ない。私たちのNPOにお金を出して、どうしようとしてるんだろ」

「それを聞くために集まったんだ」

高齢者に対する運動とパーキンソン病患者の運動には、共通しているところがある。アップステップ・ダンスが広がり始めた時から、いくつかの高齢者施設から問い合わせがあった。

私はホテルの入口に視線を向けた。

四人のスーツ姿の男たちが私たちのテーブルに向かってくる。

社長の柳田雅夫、以下担当者二人と弁護士だと名乗って、それぞれ名刺を出した。

私たちの中で名刺を持っている者は一人もいなかった。

挨拶が終わると、柳田はパンフレットを出して、会社について話した。

「アップステップ・ダンスは素晴らしい。楽しい上に健康にいい。これを是非とも広げるお手伝いをしたいと思いまして。わが社では融資について考えています」

「有り難うございます。突然のことなので、驚いています。御社はアップステップ・ダンスに対してどういう使い方をするつもりですか」

「まだ具体的には考えていません。あなた方がどうしようと考えているか先に伺ってからと思っています」

柳田は穏やかだが慇懃無礼さを感じる口調で話した。

「アップステップ・ダンスは、パーキンソン病の患者さんのために作りました。しかし、高齢者施設の方にも評判が良くて、効果があるという話が届いています。是非、うちの施設でもやってみたいというところもあります」

私の言葉に内藤さんが何か言いたそうな表情をしたが発言しなかった。

「将来的にこのダンスの配信システムを作りたいと思っています。そのための資金を出してくれる企業を探しています。御社に資金を出していただけると聞いています。条件など詳しく話していただけませんか」

「一千万円でアップステップ・ダンスを当社に預けていただけませんか。当社と取引している施設で使用してみます」

「どういう使い方をするんですか。たとえば施設を定期訪問して指導するとか」

「まずは、うちの系列施設で使ってみます。評判が良くて、効果があれば、他の施設にも広めていくつもりです」

「このダンスは内藤さんがパーキンソン病患者の健康的な生活を出来る限り助けたいと思って作り上げました。私たちとしては、将来的には無料で配信することが出来ればと思っています」

私の言葉に柳田たちは顔を見合わせている。

「無料ですか。それだと長続きはしません。わが社と協力すればさらに広範に普及させることができます」

一時間ほど話して別れた。

私たちは内藤さんの家に集まって話し合った。

「悪くない話だと思うけど」

理沙はパンフレットを見ながら言う。

三十分がたち、陽子が来た。私は陽子にも一緒に来てくれるように声をかけていたが、仕事で来られなかったのだ。

「ヘルスホールド社については友達に聞いておいた。高齢者施設やデイケアの施設をいくつか経営している。評判はあんまり良くない」

陽子が言いにくそうに話した。「高いしサービスも良くないって評判。クレーム対応も良くないって」

「彼らはダンス映像の配信かレンタルをやろうとしているんじゃないか。パーキンソン病患者というより、高齢者施設に大々的に広めていくつもりだ」

「それはそれでいいと思う。私たちも高齢者施設に広めようと言ってたし。ただし無料か必要経費だけでね」

「企業は第一に利益を考える。無料で貸し出すとは思えない」

私はみんなを見ながら言った。

「企業だもの。必要経費くらいは取ってもいいんじゃない。このダンスを広めることで、企業の知名度も上がるんじゃないの。それで他の色んな商品も売れれば、儲かるんじゃないの」

「そうでもなさそうだ。アップステップ・ダンスの権利に関わろうとしている」

私は契約書の一文を指した。販売権や販売方法の条件が書いてある。

「断った方が良さそうだ。まだ時間はある。今後のことはゆっくり考えよう」

私は結論を言った。

その時、理沙が突然立ち上がって、私たちに向かって顔を上げた。

「ライブをやりたい。アップステップ・ダンスを使って」

私たちはお互いに顔を見合わせた。前に理沙から提案されたが真剣に考えたことはなかった。

「ライブって音楽のライブみたいなものか。お客の前で演奏する」

「そう。大きなホールにお客を入れてダンスのパフォーマンスをやる」

「パーキンソン病患者のリハビリを兼ねたダンスだぞ。そんなの誰が見に来るんだよ」

「ライブをやって、それを配信する。日本中に。コロナ禍の時、ズームを使って授業をやったし、校長先生の話は三百人以上が家で聞いてた」

「ボクも予備校の授業がそういうのだった時もある。学校に行くより良かったよ」

理沙と剛志の言葉に篤夫も頷いている。

「ライブは会場に人を集めて直接触れ合いながら同じ空間を共有する。同時にライブ配信された映像と音をスマホやタブレットやパソコンで見ることができれば、すごい数の視聴者が一緒に体験できる。うまくいけば何十万人が一体になれる。それにアップステップ・ダンスは単なるリハビリ体操じゃない。見てて楽しいし、一緒にやればもっと楽しい」

理沙は熱っぽく語った。

私は唖然として聞いていた。夢見たことはあったが口に出すことはできなかった。ライブも意外だったし、ズームなどのコミュニケーションツールでの配信自体がひと昔前では、ほとんどの人が知らなかった方法だ。

「時間を指定して、いまあるすべてのツールを利用してライブ配信をする。スマホ、タブレット、パソコンで見ることが出来るイベント。働いている人も、遊んでいる人も、ノンビリしている人も、チョットだけでも見てみようと思うようなフェスティバル」

「ムリだよ。ライブコンサートも好きな歌手が出るから成り立つんだ。人の趣味や興味はみんな違ってる。色んな方向を向いてるんだ。それを一つの方向に向けるなんて。ましてアップステップ・ダンスは病人や高齢者向けのダンスだ」

「剛志、あんた、見かけによらずペシミストなのね。もっと夢のある人かと思ってた。日本のどこでもいい。廃校でも、野外でもいい。興味なんかなくてもスマホを見ることとあるでしょ。そのうちに興味が出てくることも」

「告知が大変だよ。何日の何時に、ユーチューブを見てくれって、日本中に知らせるんだろ。

お金も時間も人もいる。時間が決まっても、その時間に働いている人も、学校に行ってる人も、寝てる人だっている。ライブの場所だって、出演者だって。どうやるんだ」

「場所なんてどこでもいい。来ることのできる人が来ればいい。配信すればいつでも見ることができる」

「可能かもしれない」

篤夫の言葉で全員の視線が彼に集まった。「SNSなんてネズミ講や不幸の手紙と同じだろ」

「古い言葉を知ってるんですね」

「倍々ゲームだ。一人が十人に伝えれば、二世代目で百人、三世代で千人だ。一日あれば日本中に伝わる。ただし、受け取った十人が伝えるだけの価値があると確信したならばね」

「私は無視することもあるし、メチャメチャたくさん拡散することもある。その時の気分次第」

「何をやるにしても、お金はかかる。ライブをやるにしても会場の手配が、配信には規模に応じて機材と人が必要になる。そのお金はどうする」

私は否定的だった。

「とにかく、やってみることだと思う。今までは何とかなったんだろ」

篤夫はボソリと言って納得を求めるように私を見た。こんな篤夫を見るのは初めてだった。私も無意識のうちに頷いていた。

その日、私は部屋に帰ってもなかなか眠れなかった。

話が進みすぎている。理沙の話を聞きながら私は考えていた。作り上げたアップステップ・ダンスを配信することには賛成だが、それから先のことだ。彼らには発想と行動力があるが、経験はゼロだ。今やっていることが、経験になることはたしかだが、どこかで大きくつまずくと、今の日本にはその先がない。私自身がそうだった。それとも、彼らはそれを突き破る力を持っているのだろうか。

そのとき不意に、ビジョンハッカーという言葉が浮かんだ。自分たちの価値観で、世界を変えようとする者たちだ。そこには利害もしがらみもない。ただ、やりたい、やってみたいという思いがあるだけだ。彼らこそ、次世代のリーダーとなるのだろう。

寝るのをあきらめてデスクに座った時、メールの着信音が鳴った。サラリーマン時代の友人からの問い合わせへの返事だった。

それから、私は日付が変わる直前までキーボードを叩き続けた。

第六章　ワールドフェスタ

1

　数日後、私たちは内藤さんの家に集まっていた。理沙が集合をかけたのだ。

「ライブだけじゃなくて、チャリティーだったらどうなの」

　理沙がみんなを見回しながら言った。「日本全体を巻き込んでのチャリティー。賛同者から寄付を募る」

「なに寝言を言ってるの。日本のパーキンソン病の患者相手でさえ集客に苦労してるのに」

　剛志が呆れたという顔で言う。

「パーキンソン病の患者は十六万人。その家族や友人を入れると数倍にニーズがある。そう言ったの誰よ」

「ボクだ。でも、最初集まったのは一万人ほど。今度はその十倍、いや百倍以上を集める必要がある。理沙は夢を見てる」

剛志が平然と言う。ひきこもりの痕跡など全く感じられない。しかし一番驚いているのは本人だろう。

「高齢者プラス高齢者予備軍。その家族と友人。つまり、全日本人が対象。人はいずれ老いていく。そのための準備だ。日本人の健康寿命を一年延ばせば、数兆円の医療費が浮く。アジア、アメリカ、ヨーロッパ。もちろん中国、インドの各々十四億人も。世界中の健康寿命を一年延ばす。それだけ福祉にお金を使える」

突然、篤夫が話しだした。

「アッちゃんに賛成。状況を変える。今までは友達からの寄付くらいしかなかったから。今度は病人や高齢者だけを対象にしない。日本に住む人全員。母数を広げる」

理沙が強い口調で言う。「アップステップ・ダンス。リズムを変えれば、誰にでも、何にでも使えると言ったでしょ。病人にも高齢者にも、健常者にもね」

「母数は全日本人になる」

篤夫の言葉に理沙が嬉しそうにVサインを送っている。

「内藤さん、あなたはどう思うんです。主役はあなただ。NPOの理事長だし」

私は黙って聞いている内藤さんに聞いた。

「理沙の言葉を聞いていると何とかなりそうな気もする。長谷川さん、あんたの方がよく分かってるんじゃないか」

　私は少し考えてから口を開いた。

「これから社会は大きく変わる。コロナ禍で世界の意識も生活様式も変わった。やはり考え方も大きく変える必要があるんだろうね。常識が常識でなくなる。私はやってみてもいいような気がする」

「とにかく計画だけは始めよう。必要なものは後からついてくる」

　理沙が叫ぶように言う。

「そうだよ。どこかの倉庫を借りて、パソコンが何台かあればいい。ワイファイがあればインターネットはつながる。必要なのはネットワーク」

　初めは反対していた剛志もはしゃぐように言う。

「どうしたんです。元気がないようですが」

　私は黙って座っている内藤さんに聞いた。

「少し怖いんだよ。あんたらの話が大きすぎて。それに、みんな俺のために頑張ってくれてるんだろ。うまくやれるかどうか心配なんだ。今まで、本番でうまくいったためしがない。俺は運が悪いし、疫病神なんだ」

「だったら、今度はうまくいかせましょう。疫病神転じて、福の神にしましょう」

「長谷川さん、優しいね。頼りになるし。なんで、俺なんかのためにそんなに親身になってくれるんだよ」

私もその理由を考えたことはあるが、思いつかなかった。なんとなくだ。そのとき、ふっと気が付いた。優しい、と言われたのは初めてだ。

「内藤さんの後ろには、何万人もの同じ悩みを抱えている人たちがいるんでしょう。あなたはその人たちの生活を少しでも良くしようと思ってる。ファーストペンギンだ。私たちは、そんなあなたに敬意を表し、協力したい。それだけです」

自然に出た言葉だ。剛志や理沙も頷いている。

「あんたらには感謝している」

内藤さんが背筋を伸ばして改まった口調で言った。

「やめてくださいよ。どうしたんです、突然」

「実は俺、あんたらに会う前、もう死んでもいいと思ってたんだ。この先、国の世話になって生きてるより、よほどいさぎよいと思ってな」

「冗談でもそんなこと言わないでください」

「しかし、あんたは言っただろ。俺が一人で生きていること自体、同じ病気を抱える者の希望になる、勇気を与えるって。そう言われた日の夜、俺は眠れなかった。色々、考えたよ。

空が明るくなり始めたとき、そうかもしれないと思い始めた。佐藤先生も言ってた。俺のドパミン値で自立できてるなんて奇跡に近いって。俺も人の役に立てるんじゃないかって。かすかな希望だな。でも、元気が出たよ。生きようって思った。死ぬまで一人でトイレに行ってやるって」

「内藤さんの姿を見て元気づけられた人は多いと思いますよ。ユーチューブに寄せられているコメントを見たでしょう。みんな好意的だ」

「さあ、次に進もう。アップステップ」

理沙が大声を出した。

その日、私たちは内藤さんの家で夜遅くまで語り合った。


どこかで私を呼んでいる。人の声というより、無機質な響きだ。

スマホの呼び出し音だ。手を伸ばしたがつかめない。スマホは鳴り続けていたが、突然音が消えた。

夢だったのか、と思ったときに再びスマホが鳴り始めた。

今度はスマホをつかみ、耳に当てた。

〈先生が入院しました〉

陽子の緊張した声が聞こえる。私の意識は呼び戻された。

「どうかしたのか」

内藤さんとは昨夜会ったばかりだ。普通に話し、普通に別れた。

〈分かりません。佐藤先生から電話がありました。長谷川さんに電話したけどつながらないって言ってきました〉

さっきの着信音がそうだったのか。

思いに反して身体が反応しない。私のは疲れだが、パーキンソン病患者には日常的なことなのだ。

私は剛志と理沙に電話をして病院に向かった。

病院の前で理沙と剛志に会った。

病室の前のイスには、陽子が座っていた。

私たちを見てホッとした表情を浮かべ立ち上がった。

「いま、容態は落ち着いています。せっかく来てもらったけど、先生はやっと寝たところです。鎮静剤を打ってもらって。お医者さんは疲れがたまっているんだろうって。たしかに先生、最近張り切りすぎてムリしてたから。ここ数年でいちばん出歩いてたのかな。それだけ、思い入れがあってのことだろうけど」

「私らのペースに合わせてくれてたものね。おじさんにしては、素直だと思ってたけど、かなりムリしてたんだ」

理沙が思いがけず優しい言葉を言った。隣で剛志が頷いている。

「計画をもっと遅らせようか」

「それは止めてください。自分のために遅れるなんて、先生がいちばん嫌がると思います。自分が足を引っ張ってるなんて分かると――」

内藤さんの性格を考えると、たしかにその通りだ。

「計画通りに進める。内藤さんの出番はまた考えるよ。陽子さんは内藤さんに付いててあげてくれ」

「俺は落ち葉だ。時が来れば落ちていく」

眠っていると思っていた内藤さんが細く目を開けて、こちらを見ている。

「何を言うんです。決してそんなことないです。アップステップです。一歩前へ、内藤さん」

私の声が大きくなっていた。前日に、もう死んでもいいと思ってた、という言葉を内藤さんから聞いていたせいかもしれない。全員が内藤さんを見ている。

「そうだな。あんたらが頑張ってくれてるんだ。アップステップだ」

内藤さんが消え入りそうな声を出し顔をゆがめた。

その表情がなぜか私の心に強く残った。内藤さんは私たちに笑いかけようとしたのだ。

一時間ほど今後のことについて話して、私たちは病院を後にした。

私たちは駅に向かって歩いた。

「驚いたよ。内藤さん、自分のこと落ち葉だなんて」

剛志が私たちに同意を求めるように左右を見た。

「飛花落葉。咲き誇った花は散り、青葉もやがては枯れ落ちる。人生のはかなさのたとえだ」

「さすが年の功。難しい言葉知ってるんだ。私はアップステップの方が好きだけどね。常に一歩前へ」

私の言葉に理沙が答える。

「そうじゃないと思います」

陽子がぼそりと言った。私は陽子にしばらく内藤さんのそばにいるように言ったのだが、内藤さんが強く断ったのだ。

「先生は人生がはかない、寂しいなんて思っていないはずです。少なくとも、皆さんと出会ってからは。先生が言いたいのは、落葉の後には必ず新芽が生えるってことです。以前、言ってました。あなたたちは自分を見直すことを教えてくれたって。ありのままの自分で生きればいい。その自分で出来る限りのことをする。新しい人生を与えてくれたって」

陽子が一語一語、かみ締めるような口調で話した。その言葉は抵抗なく私の心に染み込んでくる。剛志や理沙も頷きながら聞いている。

「おじさん、張り切りすぎてたものね。でも、私には前より元気になったように見えてた」

「ボクもだ。気力と体力は一緒ではなかったんだ。ボクらは気力しか見てなかった」

私たちは内藤さんが病人だということを忘れがちだった。内藤さん自身ですら忘れていたのだ。それほど彼が張り切っていたということだ。

今後は、内藤さんの病状を見ながら進めることを確認して別れた。

部屋に帰って、パソコンの前に座った。

迷っていた。右の人差し指はエンターキーの上に乗っている。

会社の元部下にメールをして、プライベート用のメールアドレスを聞いた。ディスプレイには数日かけて書いたメールの文面がある。アップステップ・ダンスのメインバージョンの動画を添付した。

この数か月間のことが思い浮かんだ。内藤さんが何かを訴えるような目で私を見つめている。

指先に力を込めた。

2

私は定刻に待ち合わせ場所に行った。

剛志、理沙、内藤さん、篤夫の四人はすでに集まっていた。

内藤さんは一晩入院して退院した。佐藤医師は数日入院することを勧めたが、本人が強引に服を着始めたのだ。佐藤医師も無理をしないということを約束させて退院を許可した。

篤夫は、いい経験だからと言って剛志が連れてきたのだ。篤夫のスーツ姿を見るのは初めてだった。

見苦しくない格好をしてきてほしい。三人に電話をするとき、私は言ったのだ。

理沙は高校の制服を着ていた。

「変な目で見ないでよね。長谷川さん、声が緊張してたから頑張って着てきたんだからね」

「高校は卒業したんだろ。他に適当な服はないのか」

「ないから、高校のを着てるんじゃない。ママが取っておくようにと言ったのは正解だった。あとはTシャツとか、ちょっと派手めなのとか、ユーチューブに載せてるものしか持ってない。剛志、スーツ持ってたの。浪人のくせに」

「最初の入学試験の時、お祖母《ばあ》ちゃんが買ってくれた。入学式で着るようにって。今日初めて着たんだ」

剛志は理沙の言葉に怒りもせず、ネクタイをいじっている。

内藤さんもノーネクタイだが、サマースーツを着ていた。

全員の目は私に集中した。

「普通のサラリーマンの姿。きみたちのお父さんと変わらないだろう」

「そうだけど、長谷川さんじゃないみたい」

今朝出かける前に鏡を見たとき、自分でもそう思った。ほぼ二年ぶりに着たスーツ、ネクタイは手が自然に動いて結べた。本能の一部にでもなっているのか。三人に会った時の反応を想像して気が重くなったが、その先のことに比べれば大したことはないと自分に言い聞かせて部屋を出た。

「時間がないから、話はあとだ」

そう言って、タクシー二台に分乗して品川駅に向かった。

駅近くの交差点でタクシーを降りた。

町は人で溢れ、私たちの横を多くの人たちが通りすぎていく。内藤さんが呆然と立ち尽くしている。私は原宿での出会いを思い出した。

「長谷川さん、どこに行くんだ。場所くらい知ってないと、俺は頑張れないよ」

「そうよ。おじさん歩くので必死なんだから」

私は歩道の先のビルを見上げた。ワールドセントラルタワーだ。

「このビルです。二十六階のネクストワールドという企業です」

「ここ最近急成長したIT企業でしょ。そんな会社の人が私たちに会ってくれるの」

ネクストワールドはAIを使って、様々な調査をするベンチャー企業だったが、ここ数年で著しく業績を伸ばし、三年前に上場した。今では業界大手だ。

「アポは取っています。あと十五分です。ゆっくり行けば、時間通りです」

息を切らしてビルを見上げている内藤さんに言った。

私たちはエレベーターに乗った。

受付に行って名前を告げると、女性がカウンターから出てきて、「ご案内します」と言う。

廊下を歩いて、いちばん奥の部屋に行った。

ノックをすると、どうぞという声が聞こえる。

正面が窓になっていて、その前に大型のデスクが置いてある。

窓からは品川の街並みが見える。

壁には四十インチのテレビが二台、はめ込みになっていた。

デスクの前にはソファーセットが置いてある。

長身の男がデスクを回って私たちの前に来た。

「どうぞお掛けください」

内藤さんに言う。

「ネクストワールド代表の遠山《とおやま》です。あなたが長谷川さんですか」

私の前に来て、手を差し出した。私はその手を握った。

遠山信次《しんじ》はネクストワールドの社長だ。八年前、三十二歳のときにベンチャー企業として立ち上げ、今では資本金十二億円、従業員百三十人で、AI関係の会社ではベストスリーに入る。

「メールでお伝えした通り、今日は、NPO〈アップステップ・トゥギャザー〉理事長の内藤と、理事と実務担当者の紹介に参りました。それに新しい企画書です」

私はカバンからファイルを出して、その中の一枚を取って遠山の前に置いた。

遠山は企画書を無言で見ている。

「アップステップ、一歩前へ」。ここ数日かけて全員で練り上げたイベントの企画書だ。

すでに十分近くがすぎていた。

理沙のイライラが私にも伝わってきた。

「ご協力、願えませんか。これからの企業は社会貢献度も重要視されます。御社のようにITで成長著しい企業にとっては、イメージは最重要だと思います。特に世界進出をするためには」

私は理沙の思いを代弁するように話した。

「イメージも大事ですが、それよりも大切なのは仕事の質です。顧客に百五十パーセントの満足度を与えることが、わが社のモットーです。イメージなんてものは、崩れやすいものです」

遠山は話している間も、目は企画書に留まったままだ。

「そうですね。しかし、社会貢献に加わっている企業イメージはこれからますます重要になります」

「分かっています。うちも、そう心がけています」

遠山はやはり顔を上げずに答える。聞いてはいるのだ。

「その企画書、そんなに問題がありますか」

理沙の言葉に遠山が顔を上げた。

「ユーチューブは拝見しました。パーキンソン病の患者の方のパフォーマンスですね。よくできていると思います。社会的貢献度も高いと思います」

遠山はパフォーマンスという言葉を使った。確かにその方がスマートで的確だ。

「ご覧になったのはメインバージョンでしょうか。症状に合わせて他にもあります」

理沙はタブレットを出し、やはりパーキンソン病患者用のアップテンポのものと、スローテンポのダンスを見せた。

遠山は食い入るように見ている。

「このダンスには汎用性がありますか。リズムと動きは病人の方の状態で自由に変えることが出来ますか」

「こういったパターンが、あと三種類あります。パーキンソン病患者用に加えて、高齢者用に初級、中級、上級があります。高齢者の身体の状態で自分に合ったテンポの体操と曲を選ぶことが出来ます」

「実は私の母も施設に入っています。一年前に父が亡くなりましてね。出歩かなくなったせいか、めっきり体力が落ちて、体調が悪くなりました。リハビリに通ったり、介護士を呼んだりしているんですが、重要なのは自分の意思でしょう。怒ったり、悲しんだり、喜んだり、その意思がなくなりましてね」

遠山が私に視線を向けて続けた。

「このダンスなら出来るかもしれません。音楽やダンスが好きな人ですから」

「ぜひ、お母様にユーチューブを見せてあげてください」

遠山がもう一度、企画書を手に取った。

「ユーチューブ動画にして配信するのはいい考えです」

「小規模のライブをやって、それを配信する。ユーチューブ動画の配信なら、費用も多くはかかりません。パーキンソン病の患者は全国で十六万人います。だから――」

「もっと規模の大きいライブ配信をやりませんか。対象は世界」

突然、遠山が顔を上げ、私の言葉を遮った。

私は思わず聞き返そうとしたが、言葉が出ない。内藤さんたちも耳を疑うように、ただ遠山を見ている。遠山は再度企画書に目を移し、続けた。

「会場は横浜スタジアム、観客はとりあえず二万人。それを世界に向けて配信する」

「ムリです。国内向け配信も難しいのに、世界だなんて」

理沙が慌てた口調で言う。

「パーキンソン病の患者さん、アメリカで百万人、世界で七百万人です。私も少し調べてみました。高齢者を入れると億単位です」

遠山は話しながらも考え込んでいる。

「とりあえず、うちで一億円出しましょう。資金面は任せてください。友人にも声をかけてみます」

私たちは思わず顔を見合わせた。

「でも今からでは、準備が――」

「それも任せてください。あなた方は最高のライブプログラムを作ってください。より良い、より訴求力のあるダンスを考えてください」

遠山は私たち一人一人に視線を移していく。

そのあと二時間ほどライブ配信とアップステップ・ダンスについて話し合った。

ぜひ前向きに考えるようにという遠山の言葉を胸に、私たちはネクストワールドを出た。

3

私たちは事務所に帰り着いた。帰り道ではみんな口数が少なかった。何を話していいか分からなかったのだ。

「なんだか、すごい方向に進み始めたね。ボクたちにできるのかな」

それぞれがイスに座って、冷静になったとき剛志が言った。

「私らがやるなんて言ってないでしょ。あの社長がやってくれるんじゃないの」

「本当に任せていいのか」

理沙が立ち上がって落ち着きなく部屋の中を歩き始めた。

「話が大きすぎてついていけない。世界同時配信ってムリじゃないか」

剛志がぽつりと言う。

「私もそう思う。初めはもう少し地に足をつけて――」

「昔、アフリカ救済チャリティーってあったんでしょ。ライブエイド。アメリカとイギリスで同時に開かれたコンサート」

理沙が立ち止まり、我々の言葉を聞いていなかったように言う。

「世界の有名アーティストがノーギャラで出たとか。あれも一人のアーティストの発案から始まった」

ライブエイドは一九八五年七月十三日、「一億人の飢餓を救う」というスローガンの下、「アフリカ難民救済」を目的として開かれたチャリティーコンサートだ。

イギリスのウェンブリースタジアムとアメリカのＪＦＫスタジアムにそれぞれ七万人以上を集めて世界に放映された。デヴィッド・ボウイ、ミック・ジャガー、ボブ・ディラン、Ｕ２、マドンナ、ポール・マッカートニー、このために再結成したレッド・ツェッペリンなど、大物シンガーが集まった。

八十四か国で同時中継し、録画を含めれば百四十か国以上で放送され、十五億人がこのコンサートを体験した。この日一日で、電話受付や銀行受付による募金をはじめとする収益は、当時の日本円換算で約百四十億円にのぼった。

「世界中で大ヒットしたという映画『ボヘミアン・ラプソディ』で描かれていたね」

「私も見たよ。七回。見るたびに涙が出た。何なんだろうね、あの気分。私たちも、『ボヘミアン・ラプソディ』をもう一度ってことよ。アラブの春も、一人の市民の動画配信から始まったし」

「しかし、あれは失敗した。前よりひどい状態になった国が多い」

「でも、何かを目覚めさせた。この意義は大きい」

篤夫が理沙と剛志に続けた。

アラブの春は、二〇一〇年末ごろから中東、北アフリカ地域で起きた反政府民主化運動だ。一九六八年にチェコスロバキアで起きた民主化運動、「プラハの春」にならってそう呼ばれチュニジアの「ジャスミン革命」をはじめ、エジプト、リビア、イエメンと長期独裁政権が次々に倒れていった。

これらの運動はSNSを通じ、情報が瞬時に多くの民衆に共有されたことがきっかけだった。だが独裁政権が倒れた後も、権力をめぐる混乱が続き、かえって国民に多くの厄災をもたらしたとする批判も多い。

「ライブの世界配信。そんなのどうやってやるんだ」

「SNSを使う。香港や中東の市民デモも、SNSの呼びかけで集まったらしい」

「断ったほうがいい。やはり無理がある」

私は理沙を見て言った。

「なんで。世界配信に、一億円だよ。普通、お願いしても出来ないよ」

「剛志くん、世界配信されてるゲームの世界選手権、費用はどのくらいかかって、誰が出してるか知ってるか。運営に関わっている人数も」

「二億五千万円。ボクが知ってるのは、優勝賞金だけ。運営費はその何倍、いや何十倍もかかってるんだろうね。ゲーム製作会社や、小売、関連機器会社がスポンサー企業となって出すんだろうけど。彼らは桁違いに儲けてると思う」

「我々の手に余る事業だ。計算してみると分かるだろう」

私はあえて事業という言葉を使った。ライブの世界配信ともなると、素人が集まって出来る話でもない。

「長谷川さん、もう計算したんでしょ」

剛志が私を見ている。

「規模はかなり小さいが、イギリスの中堅どころのロックミュージシャンを呼んだことがある。トータルで十五億円かかってる。準備に半年。関わった人員は延べ千人以上。場所は幕張。ミュージシャンのギャラも入ってだが」

「やはり無理かも」

剛志が言う。

理沙がデスクを両手でドンと叩いて、私を見た。

「ライブの流れを教えて」

「企画が了承されて、まずタイムスケジュールを立てる。次に人を集める。総合監督、音楽、振り付け、舞台、衣装、宣伝などの監督を決める。スタッフも数百人。財務管理、チケット作製やその販売ルート、警備の手配も必要だ。今からじゃ、時間も人も足りない」

「会場や人集めは、ネクストワールドがやるんじゃないの。すでにダンス作りも始まってる」

「イベントはただ踊って歌うだけじゃ、ダメだ。よほどのスターを呼ばなければ誰も来ない。二時間の舞台を見て満足する。また来ようと思わせないとダメだ。バックダンサー、オーケストラ、衣装だって必要だ。とにかく人と時間と経験がいる」

「人なら、慎吾さんもいるしサクラオカもいる。彼らだって世界トップクラスの人たち。訳を話せば協力してくれる」

「一番重要なのは総合監督だ。これらすべてを決めて、仕切っていくんだ。世界のプロをまとめなければならない。日本人で世界配信のイベントを仕切った者は数名しかいない。彼らにだって、スケジュールがある。今から契約なんてムリな話だ」

それに、と言って続けた。

「いちばんの問題は告知だ。世界に対する告知なんて、やったことはないし、大手のイベント会社でも難しい。主催者がいくら騒いでも、誰も反応しない」

内藤さん、剛志、理沙が私を見ている。総合監督をやれというのか。

「正気になってくれ。ずば抜けた才能と経験が必要なんだ。数百人をまとめ上げるカリスマ的な知名度と人望も必要だ。私にはそのどれも全くない」

「だったら、そうなってよ。少なくとも、私たちは長谷川さんについてここまで来た。あと一歩で、何かが生まれる。このチャンスを逃がしたくない」

「理沙の言うことは正しい。長谷川さんがいなければここまで来られなかった。あと一歩だ」

剛志が理沙に続けた。

「俺もそう思うよ。半年前は見ず知らずの四人だった。しかし、何となくここまで来た。他人とは思えないんだ。前に言ったけど、あんたらに会ったころ、俺は生きるのが嫌になってたんだ。分かるだろ。でも、いまはけっこう楽しい。あんたらのおかげだと思ってる」

内藤さんがいつになく神妙な顔で言う。

「しかし――」私は言いかけたが言葉が続かない。現実を冷静に考えると、うまくいくとは思えなかった。

「たかがユーチューブのライブ配信でしょ。私にはどうしても、そんなに難しいことのようには思えないのよね。私のチャンネルに二万人の登録者がいるのよ。工夫すれば、その十倍、二十倍なんて夢じゃない」

「ゲームの世界選手権なんて一億人が世界中で見てるんだ。ある意味、オタクの遊びの世界だけど数はすごい。アップステップ・ダンスは、社会的意義のあることだろ。賛同者なんて、世界に呼びかければ、すぐに集まる」

理沙も剛志も気楽に言い合っている。たしかに彼らは実践しているのだ。聞いているうちに、私も大したことでもない気になってきた。失敗ならそれはそれでいい。

「長谷川さんはこういうのプロなんでしょ。タイムスケジュールと必要な人を書き出してみてよ。私たちもできることを書き出してみる。それから考えても遅くはないんじゃないの」

理沙の言葉を聞きながら、私は頭の中で計算をしていた。告知にはパーキンソン病の組織を使えばいい。世界にはいくつの組織があって、日本とどうつながっているか。その組織を高齢者施設にまで広げると、世界にどのくらいの数があるのか。

「時間がない。明後日、また集まろう。そのときプランを決めて、遠山さんに連絡する」

その日はそれで解散した。全員が何かを考えながら、自分たちの家に帰っていった。おそらく今夜は全員が徹夜だ。

二日後の夕方、私たちは内藤さんの家に集まった。

最初に、理沙がタブレットを見ながら話し始めた。

「すでにアップステップ・ダンスは走り始めてる。これを各パターン舞台上でやるだけ。バックダンサーは高校のダンス部の部員が引き受けてくれた。大学の応援は交渉中。音楽も大学のオーケストラとコーラス部がやってくれる。舞台づくりやプログラム構成の監督は慎吾がやってくれるって。無料でね。音楽監督も彼の友達を連れてくる。舞台の方は何とかなりそう。ユーチューブ配信も私たちがやる。サクラオカと彼女の友人たちが助けてくれる。これは勉強になりそう。集客は剛志がやるんでしょ。世界中にゲーマーの友達がいるって言ってたから。こうしたことすべてのとりまとめを長谷川さんがやる」

理沙の言葉に全員が頷く。

剛志が立ち上がった。

「日本の会場に関することはネクストワールドの遠山社長がやってくれる。チケットの販売と警備なんかも。ボクは日本国内でのSNSの配信の手配。ユーチューブ配信は理沙の手を借りればあまり問題はない。最高の動画を作って、アップするだけ。理沙の登録者に拡散を頼む。その他のSNSや5ちゃんねるへの書き込みと拡散は頼めそう」

「海外はどうなってる」

剛志はタブレットを開いて私に見せた。

英文と世界地図が表示されている。

「長谷川さんの言う通りに、まず日本のパーキンソン病友の会に問い合わせた。アメリカとEUのパーキンソン病関係の団体とコンタクトを取ってる。半分の五十団体から協力するとの返事があった。今頃は色んな関係団体に問い合わせてくれてる。残りは返事待ち。まだ数的には少ないけど、それぞれに拡散を頼んでる」

　剛志が篤夫に同意を求めた。篤夫が頷いている。彼も手伝っているのだ。

「高齢者施設にも働きかけ中。みんなも手を貸して。数はパーキンソン病関係の団体とは比べ物にならないほど多い」

　剛志がタブレットを私たちに向けた。

「赤丸は世界のゲーム友達がいる都市。日本の友達より遥かに多い。ゲーマーというのは、けっこう義理堅い。おまけに、顔出ししない陰の功労者に憧れてる。彼らに頼んだら、任せとけとのこと。拡散してくれるって。こういうの大好きなやつが多いらしい。フェイスブックのグループだから、手間もかからないし」

「問題は何を拡散するかよ。これって長谷川さんの領域じゃないの。宣伝担当」

　私はタブレットを出した。二日前から取り組んできたものだ。

「〈アップステップ・ワールドフェスタ〉の趣旨と効果が書いてある。まずは、メインテーマ。〈死ぬまで一人でトイレに行こう〉。パーキンソン病の患者からの言葉。内藤さんが書いてくれた。内藤さんの詩も載せる予定だ。ワールドフェスタ当日までにダンスを世界に広める。もう一つのテーマは、若者と高齢者をつなぐ〈生きる者の今と未来。アメージングな未来を創ろう〉。ダンスを踊って、未来に備えようってこと。高齢者施設のとりまとめは、陽子さんがやってくれる。会場関係は遠山さん。入場料は無料に設定してもらった」

「なんでなの。二万人でしょ。ひとり千円でも二千万円」

「チャリティーダンスコンサートだ。世界から寄付を募る。ボタンひと押しで一ドルが寄付される。デジタルが苦手な人は電話でもいい。このシステムは既成のシステムに手を加えて、私の昔の同僚が作ってくれる。すでに取り掛かっている」

「もし、視聴者が少なかったら」

「それはどうしようもないでしょう。これだけやって、見ない方が悪いんじゃないですか。だから――」

「すべて私の責任だ」

私は剛志の言葉をさえぎった。

「もっと前向きなことを考えようぜ。世界のパーキンソン病患者の会とも連絡が取れてる。友の会の副会長から連絡があった。当然協力してくれる。すでにダンスの映像は送ってある。高齢者施設とも連絡を取っている。これがきっかけになって、世界的な組織が出来ればこんな素晴らしいことはない」

内藤さんが私をかばうように言う。最近の内藤さんは、電話をかけまくっている。「インターネットで歌っているパーキンソン病の内藤です」内藤さんの自己紹介だ。

私はタブレットを見ながら続けた。

「イベントは六十分と四十五分の二回。パート1と2に分かれている。間に十五分間の休憩。サッカーとほぼ同じだ。飽きさせず、楽しませる。年齢、性別、住んでる地域、人の興味や好みは様々だ。日本だけでなく、世界に対象を広げると、好みの最大公約数を出すのは難しい。しかし、どこかに絞り込むこともしたくない」

こんな無茶苦茶な言葉を吐けば、会社ではバカ扱いされるだろう。ここでは、自然に考えることのできる自由があった。きっと解決方法はある。私が理沙や剛志、そして篤夫から学んだことだ。

理沙が多少の興奮を含んだ声と顔で話し始めた。

「日本のメイン会場の中央に巨大スクリーンを設置する。一つじゃなく複数。世界中から語りかける視聴者の映像を映し出す。世界でトップクラスのアーティストが出てくれるかもしれない。スポーツ選手でも、俳優でも、文化人でもいい。世界的に名の知れたスターなら、誰でも大歓迎。ただし無料で。自分の家からの歌でも、ダンスでも、語りかけでもいい。コロナ禍の時にもやったでしょ。これがネット配信のすごいところ。もちろん健常者がメインになるけど」

「問題はベースとなる技術とお金だな。三億円で足りるのかってこと」

昨日、遠山が他企業から二億円集めたと言ってきた。計三億円だ。

「リアルタイムの世界の風景を映し出す。世界で一体感を共有することが出来る。企画書に書いといて」

篤夫が付け加える。私は彼の言に従った。

数時間後、みんな深刻な表情で黙り込んでいた。

私たちはワールドフェスタの開催日を考えていた。

遠山から会場の都合で今日中に決めてほしい、と候補日が五つ送られてきたのだ。

「考えていても仕方がない。早い方がいいと思う」

剛志が言う。

「あらかじめユーチューブでダンスの映像を流す。再生回数が百万回を超えたら、世界に呼び掛ける。何日の何時何分。スマホのユーチューブで、世界がダンスを始める。場所はどこでもいい。家の中、公園、山、海、どこでもいいんだ。一つのダンスをやる。身体が動かなきゃ、指を動かすだけでいい。指がダメなら、目だけでもいい。心を動かすだけでもいい。すごいと思わない？」

理沙が興奮した声を出した。

「そして、指先でパソコンをクリック。寄付は終了」

「スマホ、タブレット、パソコン——インターネットにつながっているデバイスがあれば、国や場所に関係なく見て、聞いて、参加が出来る」

私はすごいと思った。そういう時代になったのだ。

世界の片隅から、全世界に広がっていく。

「でも世界に広めるのは、かなり難しいよ。問題は周知の度合いだね」

内藤さんが剛志に言う。

「そうでもない、と思う。私の登録者の人たちの力を借りる。一人十人。その十人がさらに十人。さらにさらに、で世界に広めればいい。慎吾さんもサクラオカも最高に協力的」

理沙の声も表情も冷静になっている。

翌日、さらに詳細な計画を話し合った。

慎吾とサクラオカも来てくれた。

昔に戻った気分だった。スタッフを前に当日のスケジュールを説明する。部屋中に緊張感があふれ、胃が痛くなりそうだ。違うのは——夢があるかないかだ。夢を叶えるイベントにかつては夢がなかったのだ。

私は大型ディスプレイにパワーポイントのスライドを映し出した。

「二時間のワールドフェスタ、パート1とパート2の二部構成だ。パート1は五分のダンスで始まり、五分の趣旨説明。その後五十分のダンスが入る。そして十五分の休憩。パート2は四十五分間。このとき世界中で同じメロディーを口ずさみ同じダンスを踊る。サッカーと似たような時間配分だ。いつ参加しても同じような興奮が味わえる。でも会場の参加者とスタッフにとってはかなりきつい。最初に無理をしないように注意する。ダンスはアップステップ・ダンスをメインにして、バックで数十名のダンサーを使う。問題はパート1と2、二回のイベントの中身だ。その他、広い世代にわたって注目を浴びるようなモノだ。何でも思いつくものを言ってくれ」

ファッションショー、歌とコーラス、オーケストラ、花火――声が途絶えた。

レーザーショー、イルミネーションショー――再び声が上がった。

「世界中の人が理解できて、喜び、興奮するものだ。共感して、自分たちも参加できるもの。オリンピックのショーを超えるもの」

「組み合わせしかないだろうな。空中に巨大なクジラが泳ぎ、水中からワシが舞い上がるんだ。二つの世界をつなぐのはオーロラ。星屑が視野いっぱいに降り注いでいる。今まで誰も見たことのない世界を作り上げる。そして、それを世界同時配信する」

慎吾が多少興奮気味に言った。彼にしては珍しい。横でサクラオカが頷いている。

「それはメイン会場だろ。世界との中継はどうなるんだ」

「みんなスマホやタブレット、パソコンは持ってるだろ。スマホは世界で四十億台以上だ。それで見ればいい。ちょっと小さいけど」

「世界にダンス会場も作りたい。メイン会場と一緒にダンスをする。学校でも、公園でも、劇場でも、駐車場でも、山の中でも、海でも、家でも、病院でも、施設でも、どこでもいい。電車の中で、スマホを持って踊ったってかまわない」

「問題は告知ですね。世界の人がその時間にスイッチオンしてくれるための」

サクラオカが熱っぽく語っている。

私は頭がくらくらしてきた。誰がそんな告知をするんだ。広告費が十億円あっても足りない。

「私が企業にいたときなら、こんなイベントは請《う》けない。意義よりも採算を重要視してた。企業としては当然だが」

「人としてはダメだね」

篤夫が私に目を向けて言った。しかしその目には今まで感じたことのない優しさがある。

「世界が変わってきてる。私はきみたちに様々なことを教わった。きみたちこそ、世界を変える力を持っていることが分かった。世界はつなぐことが出来る。変えることも出来る。きみたちがそれをやり遂げた」

彼らはビジョンハッカーだ。未来のあり方を変える若い力なのだろう。私は本気でそう思った。

4

「すごいね。これが日本中につながってるのか」

私は思わず声を出した。

小学校の教室ほどの部屋に、五十インチの大型テレビが置かれ、長机がテレビの正面に二列になって置かれている。上には五台ずつ、計十台のパソコンが置いてある。

剛志がゲーム関係の会社のオンライン会議室を借りたのだ。

一時間後に日本全国のパーキンソン病友の会のオンライン会議が始まる。

この会議でNPOの発足の報告と、アップステップ・ダンスを今後どう扱うかを決めるのだ。

「パーキンソン病友の会のネットワークに頼んで五十人の参加が決まっている」

「五十人か。緊張するよ」

内藤さんが本音か冗談か分からない言い方をした。NPO理事長として挨拶をするのだ。

剛志が、ズームは無料版で同時参加できるのは百人までだが、エンタープライズと呼ばれる有料アカウントに切り替えると同時参加人数が五百人にまで増えることを説明した。

「さらに人数追加のアドオンオプションを購入すると、最大一千人まで参加者を増やせる。でも、本気で何かやろうと思ったらもう一桁、二桁上、場合によっては三桁上の人を集めて、賛同を得なきゃならない」

「冗談だろ。五千人、五万人なんて夢のまた夢だ」

「私のユーチューブの登録者は二万人よ。二万人が私の発信を見てる」

理沙が部屋を見回しながら言う。

「東京に絞れば、二千人に一人くらいが見てる」

「メリットはあるのか」

「面白いでしょ。自分の言葉で、何かが変わっていくって」

私は黙って二人の言葉を聞いていた。確かに、この若い子たちは何かを変えていくのかもしれない。

「俺は何を話せばいいんだ」

内藤さんが珍しく緊張した顔で聞いてくる。

「とりあえずは挨拶ね。自己紹介でいいんじゃない。それから、自分がこれからやろうとする体操の話。私たちが知りたいのは、彼らが何を望んでいるか、どんなものなら続けるのか。色んな希望が分かれば、今後の役に立つから。これからも同じようなミーティングを開くから、参加してほしいってこと」

理沙がリラックス、リラックスと言いながら内藤さんに話している。

「次は世界会議だからね。フランス、イギリス、ドイツとも連絡が取れてる。自己紹介も最低日本語と英語でね」

「冗談じゃない。日本語だって冷や汗が出てるのに」

「最初だけよ。後は通訳が入る」

そろそろ始める、という剛志の声が聞こえた。

少しずつではあるが計画は進んでいった。

やはり問題は、ダンス以外のイベントだった。パート1と2の時間帯をどう埋めるか。パート1はワールドフェスタの意義を強調する。あまり深刻な話をすると視聴者は逃げてしまう。言葉は日本語と英語。さらに、配信先の母国語で説明が入ればなおいい。しかし、言葉のいらない、映像と音楽の力をメインにする。私たちは全力で取り組んでいた。

「東京オリンピックでは、ドローンを飛ばして地球を作った。地球の一体感を象徴することが出来た。壮大だが、湯水のごとく金が使えるから出来たことだ。そんな金はない」

「分かってる。だから空にクジラを飛ばす。全長三十メートル。原理的にはその十倍でも可能だって。でもデカすぎても楽しくないでしょう。三十メートルと二十メートルのクジラの親子が、空中をダンスする」

理沙が説明する。

これだったのか。慎吾が言ってたのは。

「レーザー光線を使って空中にクジラの像を浮かべる。デカすぎるとレーザー光線の数が足りない。三十メートルくらいが丁度いい大きさ。プロジェクションマッピングの空中版だって」

「たしかに面白そう。ボクも見てみたい。でも、それに何の意味があるんだ。フェスタの意味とどう関係するんだ」

「クジラにアップステップ・ダンスを踊らせたら。音楽にのせて」

篤夫がぽつりと言った。

「優雅に空を泳いでいたクジラが突然、ダンスを踊り出す。アップステップ・ダンス。それでいこう」

日頃、物静かな篤夫が叫ぶような声を出した。

剛志は篤夫に手伝わせて終日、パソコンに向かっていた。

パソコンにはテレビ電話やズーム会議で常に誰かの顔が映っている。

早口の英語で話し、ときに冗談を言い合って笑っている。剛志が中学時代からのひきこもりだとは思えなかった。篤夫も剛志に促されて、詰まりながらも英語で話している。

「世界中に拠点を作った。ここが本部で三百五十か所の支部がある。その支部一つ一つに地域の取りまとめを頼んでる。支部は一か所平均五十か所の協力拠点を持ってる。その先は、個人の協力者につながってる。協力拠点がどこかは知らない。ボクたち本部は、この三百五十か所を管理するだけでいいようにしている。と言ってもメールを送るだけ」

剛志がパソコンの画面を指して説明する。

「全部で何人につながっている」

「分からない。でも、すごい数になっているはず。ネズミ算だよ」

剛志の横で篤夫が頷いている。

「みんな無料で協力してくれるのか」

「もちろん。彼らもけっこう楽しんでる」

私は驚いていた。企業にも個人レベルの協力者はいるが、そのすべてが金でつながっている。楽しむなんて考えたことはないだろう。

「みんなが参加する、みんなのイベントだ。何かが生まれる」理沙の言葉が現実になっていっている。

告知が進み、「アップステップ・ワールドフェスタ」の名前が少しずつではあるが、各種のSNSに取り上げられ始めたころ、理沙が飛び込んできた。

「アップステップ・ダンスの商標を持ってるって人が来てる。一千万円で買い取ってほしいと」

「ふざけるな。俺たちは何か月も前から使ってる。金儲け主義の腐った根性の奴だ」

内藤さんが吐き捨てるように言う。

「商標登録を出したのはいつだと言ってる」

「先月。でも実際に受理されるのは、もっと後だって」

「NPOを設立した時、アップステップとアップステップ・ダンスの商標は取っておいた。

すでに、NPOの所有になっている」

私はファイルから認定証を出してデスクに置いた。

「そういうの早く言って。心臓が止まりそうになった。でも、さすが長谷川さん」

理沙がホッとした顔で言う。

「今後、こういう話が多くなる。企業の売り込みも。アップステップはあくまでNPOだ。非営利団体。まずはパーキンソン病の患者の健康維持、高齢者の健康促進を目的にする。イベントが成功したら、その段階で次を考える」

私は強い意志を込めて言った。

5

「アップステップ・ワールドフェスタ」の前日だった。

会場の用意はネクストワールドの関係者がすませていた。

私と剛志と理沙は事務所から内藤さんを家まで送って来た。お茶でも飲んでいけという内藤さんの言葉で家に上がった。

「長谷川さん、いつか話してくれると言ったでしょ。会社を辞めた理由。いま、話してよ」

理沙が突然、姿勢を正して私を見ると、改まった口調で言った。

内藤さんと剛志も口を閉じて私に視線を向けている。

「大企業に勤めていたんだってな。なんとなく分かるよ」

「ユニバーサルアドバタイズメントという広告代理店でしょ」

「知ってる。業界二位だ。最近、業績よくないよね。評判も下がってるし。それでも新卒が就職を希望する会社のベストテンには入ってる」

「なんで辞めたの。給料だって、待遇だって悪くはないでしょ。今回の話となんか関係があるの」

「どういうことだよ。今回の話と関係があるって」

「何となくそう思ったからよ。遠山さんはネクストワールドの社長なのよ。そんな人が、私たちに会っただけで力を貸してくれたとは思えない」

「たしかにそうだ。いくらメールを出したからって、読んでくれるとは思えないし、まして会ってくれるとはね。ボクも驚いた」

剛志がさあ話してくれ、と私を見ている。

「むかし、仕事で少し関係があったんだ。まだあんなに大きい会社ではなかった。五年で五倍以上だ。でも、大きくなるとは思っていた。遠山社長が我々と会ったのは、自社の利益になると思っているからだ。我々の話を聞いて、利益になると確信したから、話をあれほど大きくしたんだ」

「チョット信じられないな」

「遠山さんは先を見ることが出来る人だ。五年後、いや十年後、二十年後をね」

「これからも私たちのプロジェクトに全面協力してくれるの？」

「今度の〈アップステップ・ワールドフェスタ〉だけだ。うまくいくと、今後は向こうから色んな話を持ち掛けてくる」

「企業化するってこと」

「アップステップ・ダンスを世界に売り出すんだろうな。あるいは自社製品と組み合わせる。そうすれば、実利と社会的評価が上がる。これからの企業にとっては、すごく重要なことだ。そのことをあの人は気づいている」

「SDGsのゴール三ね。ゴール十六の〈平和と公正をすべての人に〉にも当てはまる」

「ゴール一の〈貧困をなくそう〉、ゴール十の〈人や国の不平等をなくそう〉にも当てはまる。かなりの拡大解釈だけど」

理沙の言葉に剛志が続けた。

「要するに、世界の問題はどこかでつながってるってこと」

「でも、ＳＤＧｓに関わるとメリットはあるの？」

「世界の流れに沿って、適正な企業活動を行っているという証になる。世界と関係している企業にとっては、今後、すごく大事なことだ。多くの日本企業はそれに気づいていない」

「長谷川さん、よく知ってるね。環境や人権、福祉関係の仕事してたことあるの」

「前にいた会社で少し関係してたんだ」

「で、長谷川さんはなんで会社を辞めたの。今日は話を逸らさないでよ」

理沙が強い口調で聞いた。

「企画から環境関係の部署に異動になった。色々あってね」

「環境は花形でしょ」

「今ではね。当時は多くの人が重要性に気づいてなかった。私を含めて。会社の環境対策の部門だけど、いかに安上がりに環境対策を行うかという、法の抜け穴を調べる部署だった。当時の環境対策部は、余計な費用をかけて装置を付けたり、会社に手間と労力をかけさせる部署、金と時間をムダに使う部署と考えられていた。私の出した提案は、ことごとく退けられて、その場限りの対策だけに終わった。そうこうするうちに、上司と衝突してね」

「で、会社を飛び出したってわけか。主流からの落ちこぼれ、私らと大して変わらない」

「いや、大違いだろ。俺たちには、そんな社会的地位や、正義感なんてないもの」

内藤さんは真剣な表情で言った。

「そうでもないでしょ。おじさん、ポンとお金出したもの。全財産の半分。惜しいとは思わなかったの」

「色々と考えたさ。しかし、あんたたちと何かやることが、俺の生きがいになった」

内藤さんはシミジミとした口調で言う。

「私たちの成功が、いや経験と言った方がいいかもしれないが、それが日本と世界のパーキンソン病の患者を結びつけた。今後は、アップステップ・ダンスをいかにして、定着させていくかだ。一発の大型花火より、長く闇を照らす小さなろうそくの火の方が市民には定着する。この火を消さないで灯し続けたい」

私は改まった口調で言った。

「長谷川さんがいなきゃ、俺なんて何もできない」

「大丈夫。事務局のみんながしっかり支えてくれる。内藤さんはパーキンソン病の患者として、病気のこと、患者の心、対処の仕方をいちばん知っているはずです。それを正確にスタッフに伝えてください。たえず、アップステップです」

「これで失敗したらどうなるんだろ」

理沙が珍しく弱音を吐いた。

「もう一度やるだけじゃないの」

剛志が言う。

私は何も言わず彼らの言葉を聞いていた。私自身、ここまで来ることができるとは考えてもいなかった。

時代が変わっている。現代のツール、スマホやパソコンを使いながらも、私の頭の中は昔と変わらなかったのではないか。しかし、彼らは新しいツールを使いこなし、今の時代を生きている。世界がつながっていることを実証している。

6

ドアが開いて男が顔を覗かせた。

部屋全員の視線がその顔に集中した。赤毛に大きめのサングラスをかけ、右耳には銀色の輪がぶら下がっている。直径十センチ近くあるリングだ。

私たちは事務所に集まり、内藤さんを中心に最後の打ち合わせをしていた。

「内藤真輔さん、いますか」

甲高い声とともに、そのひょろ長い男が入ってきた。身体にピッチリした黒ズボンに黒T

シャツ、その上に鋲のついた革ジャンを着ている。かかとが十センチもある黒のブーツを履いていた。

男の後に小柄な女性が続いた。大型のリュックを担ぎ、両腕にカバンを抱えるように持っている。

何か用ですか、と剛志が立ち上がって聞いた。

「内藤真輔さんはいますか。いるのなら取り次いで。私は――」

言いかけた言葉を途中で止めて、剛志を押しのけて奥に入ってくる。内藤さんに気づいたのだ。

剛志が慌てて男の肩をつかむが、男はそのまま内藤さんの前に進んだ。

「私は倖月《こうづき》ハルオ。ハルオはカタカナのハルオね。理沙に頼まれて、内藤さんに会うように言われてる」

「用件を言ってください」

男は剛志の言葉を無視して、スマホを出して見せた。

「理沙から話、聞いてないの」

「理沙は会場に行ってる。慎吾さんとサクラオカさんと一緒」

スマホには内藤さんの顔写真が何枚かと、理沙からのメッセージが入っていた。

「〈彼は倖月ハルオ。最近知り合ったメイクさん。メイクだけじゃなく、ヘアセットとファッションセンスも抜群だから、すべてをハルオにまかせるといい。写真や動画がいるんでしょ。とりあえずは、写真を撮ってもらうといい。理沙〉だって」

剛志が声を出して読み上げた。

部屋中の者が、内藤さんとハルオの周りに集まってくる。

「理沙、ああ見えても忙しいのよ。ユーチューバーと学生の両立。でも、あの子の中では学業優先。若いのに色んな才能があるの。自分の魅力をアピールするより、人の魅力を引き出してまとめるのも才能よね。知らなかったでしょ。私も彼女に才能を開花された一人。ユーチューブで取り上げてくれた。天才スタイリストに会ったって。その後も時々ね」

最後に、今じゃ私の方が有名だけど、と付け加えた。

話しながらも内藤さんの全身を舐めるように見ている。

「こういう分野は理沙の方が上だろうから、任せる。好きにしてくれ」

内藤さんは差し出されたハルオの手を握った。ハルオは次々に握手していく。温かく柔らかい手は男のものではない。といって女の手でもない。落ち着きと安らぎを感じさせるものだ。

ハルオは内藤さんを連れて奥の部屋に入った。

三十分後、内藤さんが部屋から出てきた。背後にハルオが続いている。

静かなため息が漏れた。

「とりあえず、メイクとヘアね。私の好みでやらせてもらった。ちょっと手を入れると、これだけ変わるのよ。この人の場合はスーパーチェンジね」

ハルオが一歩下がって、内藤さんを見ながら言う。

たしかに内藤さんは変わっていた。目鼻立ちがくっきりして、顔色もかなり良くなっている。ファンデーションのためか。三十分前の内藤さんではなく、現役の空手家と言っても驚かない程の精悍さが感じられる。十歳は若返った。

「ちょっと凄すぎるんじゃないか。これじゃ病人に見えない」

内藤さんが鏡を見ながら、まんざらではない顔と声で言う。

「誰も病人を見たいわけじゃないし。顔色はいい方がいい」

「たしかに、考えようだな。健康そうな病人の方がいい」

剛志の言葉に内藤さんも納得して頷いた。

「もともと顔つきは悪くないとは思ってたけど、プロが本格的にやるとこうなるんだ。私もやってもらいたい」

陽子が内藤さんのまわりを歩いた。

「メイクするのは認めるが、一般公開用の顔じゃない。もっと質素に知性を際立たせなきゃダメだ。きみらも、こんなのに騙されるな」

私は真剣な顔で言ったが誰も聞いてはいない。

「あの倖月ハルオって人、スゴイよ。ハリウッド女優のメイクにも関係してる。アメリカじゃ、東洋のメイクのマジシャンって呼ばれてるらしい。他に顧客にいるのは——」

剛志が叫ぶように言って、タブレットを高く掲げた。

画面には写真入りの世界の有名人が並んでいる。

結局、ビフォー・アフターで変身前と後の写真をホームページに載せることになった。

第七章　祭りのあと

アップステップ・ダンスのワールドフェスタが終わって、一週間がすぎた。

動員数、全世界で千七百万人。「世界人口は七十九億人、百人に一人も見ていない。まだまだ少ない」とは理沙の言葉だ。

収益は、全世界で二億千五百二十一万三千二百五十七ドル、日本円で約三百億円。寄付の最高額は二十万ドル。パーキンソン病の孫がいる老人と聞いている。一万ドル以上の寄付をした人が三十八人いた。世界はまだまだ捨てたモノじゃない。

この金は一億円をNPO資金として残して、あとは世界のパーキンソン病支援団体、研究施設、大学に寄付された。

内藤さんは清美と陽子と三人で美術館や公園に出かけている。私も時々誘われたが、断ることが増えていった。NPO「アップステップ・トゥギャザー」の仕事が忙しくなったのだ。休みの日には篤夫が私の所を訪れる回数が増えた。たまに食事を作ってくれる。

篤夫は現在の大学で友達も出来たらしい。経済学部だと言っていたが、英語を熱心に勉強している。金がないので留学はできないが、いずれ留学するつもりだと言っている。今は、その準備に忙しいと。アルバイトで金をためることと、英語の勉強だ。私と会う時もヘッドホンをつけ、英語を聞きながらやってくる。剛志とはよく会っているらしい。

私はネクストワールド社長の遠山と向き合って座っていた。昨日、電話があって、会社まで来てくれないかと言われたのだ。

遠山社長は現在の私の状況を聞いた後に言った。

「今後の予定はどうするつもりですか」

「NPOはいずれ、内藤さんに任せるつもりです。多田陽子さんも正式にNPOの職員になりました。彼らが内藤さんのアップステップ・ダンスを世界に広めていくことになるでしょう」

「あなたのことを聞いているんですよ。NPOが軌道に乗って身を引かれた後のことです」

「私は――まだ決めていません。でも、私にも何かが出来るということが分かりました。私たちは内藤さんたちを助けていると思っていましたが、実際は助けられていたのかもしれません」

私は心底そう思った。理沙も剛志も、この半年余りで成長した。篤夫もだ。そして、私自身も。

「うちの会社に来てくれませんか。失礼ながら、前の会社を辞めた理由も調べさせていただきました。あなたに非はない。そのために、あなたは家庭まで失った」

「会社を辞めたことと家庭を失ったことは関係ありません。私自身のいたらなさゆえです」

「あなたは数年前から、ＳＤＧｓや環境の重要性に気づいていた。地球温暖化に対する世界の動向も。今後、ますます重要になることもね」

「あなたも同様でしょう」

「いや、私は最近になってからです。何とかしなければと思っていたところでした。そんな時に、あなたが現れた。いい経験をさせてもらいました」

「私にとっても初めての経験でした。日本が世界に対して、ほんのちょっとだけ進出したってことでしょう」

「うちの会社も新しい部門を立ち上げようと思っています。福祉を中心に据えた部門です。今度のプロジェクトで、これから大切なのは何かが私なりに分かりかけてきました」

「それが福祉ですか」

「福祉だけでなく環境、生きがい、健康、メンタルの分野を含めて、社会と人間が必要としているものは山ほどあります。ＡＩとは対極のようですが、実際はそうでもないとは思いませんか。いや、ＡＩこそ役立てることができる。その分野を探っていきたい」

「具体的には、何をやるんです」

私はわざと聞いた。遠山の答えに興味があったのだ。

「それをあなたに考えてもらいたい」

「企業は利益を挙げなければなりません。福祉部門であってもです。会社のお荷物と考えられたら、終わりです。そういうことを考慮すると、慎重にやられた方がいい。一時の高揚感で先走りすると、後で嫌な思いをします」

「世界は今後、大きく変わっていくというわけですか」

「世界が求めていることを迅速につかむ必要があります。それと、技術革新を正確に組み合わせる必要が」

私は理沙や剛志のことを考えていた。彼らの意志とそれを可能にする技術についてだ。

「ついでに言うと、過去の経験と知恵もですね。これだって、バカになりません」

遠山は私を見つめて笑っている。


私と内藤さん、剛志、理沙はＮＰＯの事務所に集まっていた。

今後はＮＰＯ「アップステップ・トゥギャザー」を通じてアップステップ・ダンスの配信や、ＤＶＤの販売を行う。同時に大学や病院と連携して、ダンスの研究や制作を行って、さらに進化したものを作り上げる。高齢者医療の関係者や、大学、施設からの問い合わせも増えている。政府も興味を持ったらしく佐藤医師を通じて補助金の話をしてきている。

「剛志、あんたはこれからどうするの」

理沙が剛志を見て聞いた。

「大学行くしかないよ。理沙は大学生だから羨ましいよ」

「ウソ。ちっとも羨ましいとは思ってないでしょ。自分のパソコンスキルにますます自信を付けたんじゃないの。あのプロジェクトも世界のゲーマーを統合した剛志のシステムがなければ成功しなかった。アレって、同じようなプロジェクトにも使えるでしょ」

「そうなるようにプログラムを組んだ」

剛志はテレビや雑誌にも出るようになっている。ゲームや通信機器の企業からも問い合わせがあるらしい。

「あんた英語もうまいよ。どこで勉強したの」

「高校の時、ゲームの世界大会に出たことがある。共通言語は英語だからね」

「アメリカに行ったの」

「自分の部屋でやれる。ボクはひきこもりだったから。でも、世界とはつながってた。勉強する時間も十分にあったしね」

「今回協力してくれた世界中の友達が先生か」

「ゲーム仲間だ。話す英語はスラングだらけだけど」

「なるほどね。ゲーマー英語か」

「理沙は学校に戻るんだろ」

「今、転部の出願中。経済学部から医学部。うちの大学の医学部、かなりレベルが高いんだ。うちの高校には推薦枠があったんだけど、当時は医者に興味がなかった。でも、おじさんを見てると、医者になって難病の研究をするのもいいかなって思い始めた」

「すごいな。理沙に向いているかもしれない」

「一年遅れになるかな。でも、いい経験だった。長谷川さんは、どうするの」

理沙が私に視線を向けた。内藤さんと剛志も私の方を見ている。

「あと半年間はＮＰＯを手伝うって、内藤さんと約束してる。その間に考えるよ」

「パーキンソン病の中心的な団体になるといいね」

「まずはダンスを広めること。〈死ぬまで自分でトイレに行こう〉だ。内藤さんが、会報の一行目に太字で入れた。世界のパーキンソン病の患者、それだけでなく高齢者の合言葉にもなればいい」

「ダンス、政府が高齢者にも推奨したいと言ってきてるんでしょ」

「そっちはややこしくなりそうだ。巨額の金が動くからね。補助金は億単位、あるいはそれ以上が提案されている。高齢者の健康寿命を一年延ばせば、数兆円のお金が節約できる。ビジネスチャンスだし、企業も動き出してる」

「負けないようにね」

「アイデアは色々あるんだ。一つ一つやっていければいい」

アップステップ、私は声に出さず、繰り返した。

この作品は書き下ろしです。原稿枚数478枚（400字詰め）。

落葉《らくよう》

高嶋哲夫《たかしまてつお》

令和4年9月10日　初版発行

発行人――石原正康
編集人――高部真人
発行所――株式会社幻冬舎
〒151-0051東京都渋谷区千駄ヶ谷4-9-7
電話　03(5411)6222(営業)
　　　03(5411)6211(編集)
公式HP　https://www.gentosha.co.jp/
印刷・製本―図書印刷株式会社
装丁者――高橋雅之

幻冬舎文庫

ISBN978-4-344-43231-4　C0193　た-49-11